人猿泰山全译精编插画系列（全25种）

# 人猿泰山
之
# 孤岛求生

［美国］埃德加·赖斯·巴勒斯/著
吴成艳/译

**The Beasts of Tarzan**
by Edgar Rice Burroughs

图书在版编目（CIP）数据

人猿泰山之孤岛求生／（美）埃德加·赖斯·巴勒斯
著；吴成艳译．－－上海：上海文艺出版社，2018
（人猿泰山全译精编插画系列）
ISBN 978-7-5321-6727-2

Ⅰ．①人… Ⅱ．①埃… ②吴… Ⅲ．①长篇小说－美国－现代 Ⅳ．① I712.45

中国版本图书馆CIP数据核字(2018)第106457号

| 书　　名： | 人猿泰山之孤岛求生 |
| --- | --- |
| 著　　者： | [美国] 埃德加·赖斯·巴勒斯 |
| 译　　者： | 吴成艳 |
| 责任编辑： | 蔡美凤　朱崟滢 |
| 装帧设计： | 周　睿 |
| 责任督印： | 张　凯 |
| 出　　版： | 上海文艺出版社 |
| 出　　品： | 上海故事会文化传媒有限公司 |
|  | (200020　上海市绍兴路74号　www.storychina.cn) |
| 发　　行： | 上海文艺出版社发行中心 |
|  | (上海市绍兴路50号) |
| 印　　刷： | 上海中华印刷有限公司 |
| 开　　本： | 889毫米×1194毫米　1/32　印张6.375 |
| 版　　次： | 2018年7月第1版　2018年7月第1次印刷 |
| ＩＳＢＮ： | 978-7-5321-6727-2/I·5370 |
| 定　　价： | 25.00元 |

版权所有·不准翻印

上海故事会文化传媒有限公司 出品（00785）www.storychina.cn

上海故事会文化传媒有限公司所有图书可办理邮购,免收邮费(挂号除外)
汇款地址：上海市绍兴路74号(200020)　　收款人：上海故事会文化传媒有限公司出版发行部
联系电话：021-64338113
如发现本书有质量问题，请与印刷厂质量科联系 T：021-60829062

人猿泰山全译精编插画系列（全25种）
编 委 会

总 策 划：夏一鸣

主 编：黄禄善

副 主 编：高 健

编辑成员

（按姓氏笔画为序排列）

田 芳 朱鋆滢 李震宇 张雅君

胡 捷 高 健 夏一鸣 黄禄善 詹明瑜 蔡美凤

# 百年文学经典 文化传播之最
## ——人猿泰山驰骋的奇幻世界

美国文学史上不乏这样的作家：他们生前得不到学术界承认，死后多年也不为批评家看好，然而他们却写出了最受欢迎的作品，享有最大范围的读者。本书作者埃德加·巴勒斯即是这样一位作家。自1912年至1950年，他一共出版了一百多本书，这些书涉及到多个通俗小说门类，而且十分畅销，其中不少被译成多种文字，在世界各地广为流传。当代科幻小说大师亚瑟·克拉克曾如此表达对他的敬仰："埃德加·巴勒斯具有重要地位。是巴勒斯，激起了我的创作兴趣。"另一位著名通俗小说家雷·布莱德伯利也说："埃德加·巴勒斯也许可以称为世界历史上最有影响的作家"。然而，正是这个交口称誉的作家，对前来采访的记者说："我不认为我的作品是'文学'。"而且，面对众多书迷的"如何走上文学道路"的提问，他也只是轻描淡写地回答："那是因为我需要钱。我35岁时，生活中的一切尝试都宣告失败，只好开始搞创作。"

确实，埃德加·巴勒斯在从事文学创作前，有过一个十分坎坷的生活经历。他于1875年9月1日出生在美国芝加哥，父亲是南北战争期间入伍的老兵，后退役经商。儿时的巴勒斯对未来充满了幻想，曾对人夸口说父亲是中国皇帝的军事顾问，住在北京紫禁城，并在那里一直呆到10岁才回国。但是，后来的事实表明，这一良好愿望只不过是一团泡影。从密歇根军事学院毕业后，他在美国骑兵部队服役，不久即为谋生四处奔波。他先后尝试了许多工作，包括警察和推销商，但均不成功。1900年，他和青梅竹马的女友结婚，两人育有两儿一女。接下来的日子，埃德加·巴勒斯是在贫困中度过的。为了养家糊口，他开始替通俗小说杂志撰稿。他的第一部小说《在火星的卫星下》于1912年分六集在《故事大观》连载。这部小说即刻获得了成功，为他建立了初步的声誉。同年，他又在《故事大观》推出了第二部小说，亦即首部"泰山"小说。这部小说获得了更大成功。从此，他名声大振，稿约不断，平均每年出版数部书。第二次世界大战期间，他以66岁的高龄奔赴南太平洋，当了战地记者。1950年3月19日，他因心力衰竭在美国逝世。

埃德加·巴勒斯是美国文学史上第一个重要的通俗小说家。他一生所创作的通俗小说主要有四大系列。第一个是"火星系列"，包括《火星公主》、《火星众神》和《火星军魁》。该"三部曲"主要讲述一位能超越死亡界限、神秘莫测的地球人约翰·卡特在火星上的种种冒险经历。第二个系列为"佩鲁塞塔历险记"，共有七部。开首是《在地心里》；以后各部依次是《佩鲁塞塔》、《佩鲁塞塔的塔纳》、《泰山在地心里》、《返回石器时代》、《恐惧之地》、《野蛮的佩鲁塞塔》，主要讲述主人公佩鲁塞塔在钻探地下矿藏时，不小心将地壳钻穿，并惊讶地发现地球核心像一个空心葫芦，那里住着许多原始人，还有许多古生动物和植物。1932年，《宝库》杂志开始连载埃德加·巴勒斯的第三个系列也即"金星系列"的首部小说《金星上的海盗》。该小说由"火星系列"衍生而出，但情节编排完全不同。主人公卡森·内皮尔生在印度，由一位年迈的神秘主义者抚养成人，并被教给各种魔法，由此开始了金星上的冒险经历。该系列的其余三部小说是《金星上的迷失》、《金星上的卡森》和《金星上的逃脱》。第五部已经动笔，但因"二战"爆发而搁浅。

尽管埃德加·巴勒斯的"火星系列"、"佩鲁塞塔历险记"和"金星系列"奠定了他的美国早期重要通俗小说作家的地位，但他的成就最大、影响也最大的是第四个系列，也即"人猿泰山系列"。该系列始于1912年的《传奇诞生》，终于1947年的《落难军团》，外加去世后出版的《不速之客》，以及根据遗稿整理的《黄金迷城》，总共有25种之多。中心人物泰山是一个英国贵族后裔，幼年失去双亲，由母猿卡拉抚养长大。少年泰山不仅学会了在西非原始森林的生存本领，还具有人类特有的聪慧。凭着这一人类特性，他懂得利用工具猎取食物，并从生父遗留下来的看图识字课本认识了不少英文词汇。随着时光流逝，他邂逅美国探险家女儿简·波特，于是生活发生急剧变化，平添了无数波折。接下来的《英雄归来》《孤岛求生》等续集中，泰山已与简·波特结合，生了一个儿子，并依靠猿人和大象的帮助，成了林中之王，又通过一个非洲巫师的秘方，获取了长生不老之道之术。再后来，在《绝地反击》《智斗恐龙》《大战狮人》《神秘豹人》等续集中，这位英雄开始了种种令人惊叹的冒险，足迹遍及整个西非原始森林、湮没的大陆。

从小说类型看，"人猿泰山系列"当属奇幻小说。西方最早的奇幻小说为英雄奇幻小说，这类小说发端于古希腊荷马史诗《伊利亚特》和《奥德赛》，成形于19世纪末英国小说家威廉·莫里斯的《世界那边的森林》，其主要模式是表现单个或群体男性主人公在奇幻世界的冒险经历。他们多为传奇式人物，有的出身卑微，必须经过一番奋斗才能赢得下属的尊敬；有的是落难王子，必须经过一番曲折才能恢复原有的地位。在冒险中，他们往往会遭遇各种超自然邪恶势力，但经过激烈较量，正义战胜邪恶，一切以美好告终。人猿泰山显然属于"落难王子"型主人公。他本属英国贵族后裔，却无端降生在无名孤岛，并险些丧命。在人迹罕至的西非原始森林，他与野兽为伍，经历了难以想象的生存危机。终于，他一天天长大，先后战胜大猩猩和狮子，又打死猿王科嚓克，并最终成为身强力壮、智慧超群的人猿之王。值得注意的是，埃德加·巴勒斯在描写人猿泰山的这些经历时，并没有简单地套用英雄奇幻小说的模式，而是融入了自己的创造。一方面，他删去了"魔法"、"仙女"、"精灵"等超自然因素;另一方面,又增加了较多的现实主义成分。人们在阅读故事时,并不觉得是在虚无缥缈的奇幻天地漫步,而是仿佛置身栩栩如生的现实主义世界。正因为如此,"人猿泰山系列"比一般的纯英雄奇幻小说显得更生动、更令人震撼。

毋庸置疑,人猿泰山驰骋的奇幻世界是"人猿泰山系列"的又一大亮点。在构筑这一虚拟背景时,埃德加·巴勒斯显然借鉴了亨利·哈格德的创作手法。亨利·哈格德是19世纪英国著名小说家,自80年代中期起,他根据自己在非洲的探险经历,创作了一系列以"遗忘的年代、湮没的城市"为特征的奇幻作品。譬如《所罗门王的宝藏》,述说一个名叫阿兰的猎手在两千多年前的奇幻王国觅宝,几经曲折,终遂心愿。又如《她》,主人公是非洲一个奇幻原始部落的女统治者,她精通巫术,具有铁的统治手腕,但对爱情的执著酿成了一生最大悲剧。"人猿泰山系列"的故事场景设置在人迹罕至的原始森林,在那里,虎啸猿鸣,弱肉强食,险象环生。正是在这一极端恶劣的环境中,泰山进行了种种惊心动魄的冒险。在后来的续篇中,巴勒斯还让泰山的足迹走出西非原始森林,到了传说中的亚特兰蒂斯、废弃的亚马逊古城,甚至神秘的太平洋玛雅群岛。所有这些埃德加·巴勒斯笔下的荒岛僻壤,与《所罗门王的宝藏》《她》中的"遗忘的年代,湮没的城市"如出一辙。

如果说,亨利·哈格德的"遗忘的年代,湮没的城市"给"人猿泰山系列"提供了诡奇的故事场景,那么给这个场景输血补液的则是西方脍炙人口的动物小说。据埃德加·巴勒斯的传记,儿时的他曾因体弱多病辍学,并由此阅读了大量西方文学著作,尤其是鲁德亚德·吉卜林的《丛林故事》、欧内斯特·西顿的《野生动物集》、杰克·伦敦的《野性的呼唤》。这些小说集动物故事、探险故事、寓言故事、爱情故事、神秘故事于一体，给埃德加·巴勒斯以深刻印象。事实上，他在出道之前，为了给自己的侄儿、侄女逗乐，还写了一些类似的童话故事，其中一篇还在《黑马连环漫画》上刊登。西方动物小说所表现的是达尔文和斯宾塞的"物竞天择"、"适者生存"，体现了自然主义创作观。以杰克·伦敦的《野性的呼唤》为例，主要角色布克原是法官的看家狗，过着养尊处优的生活。但有一天，它被盗卖，并辗转来到冰天雪地的阿拉斯加，当起了运输工具。在那里，布克感到自然法则无处不在：狗像狼一般争斗，死亡者立刻被同类吃掉。但它很快学会了生存，原始的野性和狡诈开始显现，并咬死了凶残的领头狗，最终为主人复仇，加入了荒野的狼群。"人猿泰山系列"尽管将"弱肉强食"的雪橇狗变换成了虎、狮、猿以及由猿抚养长大的泰山，但这些人猿、半人半兽之间的殊死争斗同样表现出"生存斗争"的残忍。特别是泰山攀山跃岭，腾掠树梢，战胜对手后仰天发出的一声长啸，同杰克·伦敦笔下布克回到河边纪念它的恩主被射杀时的长嚎简直有异曲同工之妙。

鉴于"人猿泰山系列"成书之前曾在《故事大观》、《宝库》等杂志连载，不可避免地带有杂志文学的某些缺陷，如情节雷同、形象单调，等等。历来的文论家正是根据这些否定"人猿泰山"的文学价值，否定埃德加·巴勒斯的文学地位。但"二战"以后，尤其是20世纪70年代之后，随着西方通俗文化热的兴起，学术界对于"泰山"小说的看法有了转变，许多研究者都给予积极评价，肯定埃德加·巴勒斯的美国奇幻小说鼻祖地位。而且，"读者接受"是评价一部作品的最佳试金石。"人猿泰山系列"刚一问世，即征服了美国无数读者，不久又迅速跨出国界，流向英国、加拿大和整个西方。尤其在芬兰，读者简直到了如痴如醉的地步。一本本英文原著被译成芬兰语，一版再版，很快取代其他本土小说，成为最佳畅销书。更有甚者，许多西方作家，包括芬兰、阿根廷、以色列、部分阿拉伯国家的作家，在埃德加·巴勒斯去世后，模拟他的套路，创作起了这样那样的"后泰山小说"。世纪之交，埃德加·巴勒斯的"人猿泰山系列"再度在西方发酵，以劳雷尔·汉密尔顿、尼尔·盖曼、乔·凯·罗琳为代表的一大批作家，基于他的"泰山"小说模式，并结合其他通俗小说要素，推出了许多新时代的奇幻小说——城市奇幻小说，并创造了这类小说连续数年高踞纽约时报畅销书排行榜的奇观。而且，自1918年起，"泰山"小说即被搬上银幕。以后随着续集的不断问世，每年都有新的"泰山"影片上映和电视剧播放，所改编的影视版本之多，持续时间之长，观众场面之火爆，创西方影视传播界之"最"。2016年，华纳兄弟影业又推出了由大卫·叶茨导演、亚历山大·斯卡斯加德等众多名演员加盟的真人3D版好莱坞大片《泰山归来:险战丛林》。21世纪头10年，伴随迪士尼同名舞台剧和故事软件的开发，"泰山"游戏又迅速占领电脑虚拟世界，成为风靡全球的少年儿童宠爱对象。此外，西方各国还有形形色色的"泰山"广播剧、"泰山"动漫、"泰山"玩偶，等等。总之，今天的"泰山"早已超出了一个普通小说人物概念，成了西方社会的一种文化符号、一种文化象征。

优秀的文化遗产是不分国界的。为了帮助中国广大读者欣赏埃德加·巴勒斯、读懂埃德加·巴勒斯，了解当今风靡整个西方的奇幻小说的先驱，上海故事会文化传媒公司组织翻译了这套"人猿泰山系列"，这也将是国内第一套完整的"人猿泰山系列"。译者多为沪上高校翻译专业教师，翻译时力求"原汁原味"、"文字流畅"。与此同时，予以精编、插画。相信他们的努力会得到认可。

黄禄善<br>2018年8月

# 目 录

| 前言 | 人猿泰山驰骋的奇幻世界 | 1 |
|---|---|---|
| 1 | 绑架风波 | 001 |
| 2 | 放逐孤岛 | 009 |
| 3 | 野兽归来 | 018 |
| 4 | 黑豹希塔 | 028 |
| 5 | 穆戈姆拜 | 037 |
| 6 | 恐怖船员 | 046 |
| 7 | 猿入"虎"口 | 055 |
| 8 | 死亡之舞 | 063 |
| 9 | "邪恶"骑士 | 072 |
| 10 | 瑞典厨子 | 082 |

| 11 | 塔姆巴扎 | 091 |
| 12 | 黑人恶棍 | 100 |
| 13 | 逃离魔爪 | 110 |
| 14 | 丛林逃生 | 117 |
| 15 | 顺流而下 | 125 |
| 16 | 黑夜漫漫 | 134 |
| 17 | 甲板决战 | 142 |
| 18 | 复仇大计 | 151 |
| 19 | 巨轮之沉 | 163 |
| 20 | 重返荒岛 | 167 |
| 21 | 丛林法则 | 176 |

## 人物介绍

**泰山**：已回归人类社会，继承爵位。在儿子被掳走后重返丛林，踏上了复仇之路。

**简**：泰山的妻子，只身寻子寻夫，历尽危险。

**茹科夫**：泰山的宿敌，俄国人，掳走了泰山的儿子，索要赎金。

**斯文·安德森**：茹科夫船上的厨师。

**穆戈姆拜**：瓦戈姆比部落的首领，后来归属泰山。

**施耐德**："金凯德号"上的大副，伙同凯山，用计掳走简。

**凯山**：南海港口无赖头目之一，掳走简，最后被希塔咬死。

**莫玛拉**：南海港口无赖头目之一，毛利人。和凯山一起追杀古斯特。

**古斯特**：南海港口无赖头目之一，瑞典人。渴望成为无赖们的头目，却被凯山和莫玛拉追杀，迫不得已向泰山求助。

# Chapter 1
## 绑架风波

"这件事也太玄乎了,"达诺说,"我敢打包票,连警察和总参谋部的特工们都不知道尼古拉斯·茹科夫是怎么逃走的,都只知道他跑了。"

当年的"人猿泰山"——格雷斯托克勋爵约翰·克莱顿坐在老朋友达诺的屋子里。他一言不发,盯着自己锃亮的靴子,若有所思。

泰山曾指证他的大仇家尼古拉斯·茹科夫,让他被判处终身监禁。而现在,茹科夫却从服刑的法国监狱里逃跑了,这让泰山不断回想起过往的一切……

想到茹科夫一直都想置自己于死地,如今重获自由,他真正想要的肯定不止于此。但无论他有何目的,会采取何种手段,只怕都会比以往更可怕、更凶残。

泰山曾统治过野蛮部落瓦兹瑞的非洲领地,而他居住的乌兹瑞正位于这片土地。恰逢暴雨来袭，气候不适，他便把妻子和出生不久的儿子送到了伦敦。

泰山则漂洋过海来到巴黎与老友短暂相聚，可茹科夫逃跑的消息已经为这次出行蒙上了阴影。所以尽管刚到，他也已经盘算着返程了。

"保罗，其实我并不是担心自己，"泰山终于开口说，"当年茹科夫想要置我于死地，那么多次我都没让他得逞。可现在我不再是一个人了，以我对茹科夫的了解，他一定会对我妻儿下手，因为他知道这是报复我最好的办法。所以我得马上回到家人身边，守护他们，直到茹科夫被绳之以法——或命归西天。"

就在他们谈话的工夫，有两个人，皮肤黝黑，面露凶色，也在伦敦郊区的一间小木屋里秘密交谈着。

其中一人满脸胡须，而另一人面无血色，似乎很久没有见过太阳了，脸上的胡碴应该是最近几天刚长出来的。说话的正是第二个人。

"亚历克西斯，你得把胡子刮了，"他对同伴说，"不然他一眼就能认出你来。一小时内我们就分头行动。希望在'金凯德号'甲板上碰头的时候，咱们已经请到那两位'贵客'，他们一定想不到，我们精心策划的旅程将无比'美妙'！"

"两小时后，我会和一位去多佛，按照计划，明天夜里你和另一位也能到那儿。希望他会如我所料，火速赶回伦敦。"

"亲爱的亚历克西斯，我们不仅能享受这刺激的过程，事成之后还能小赚一笔，除此之外肯定还有不少别的好处。多亏了这些愚蠢的法国佬，把我逃跑的消息隐瞒了这么久，才让我有机会精心策划这场天衣无缝的大冒险。现在咱们就分头行动吧，亚历克西斯，祝你好运！"

三小时后,快马加鞭的邮差来到达诺中尉家。

仆人出来应门,"有一封格雷斯托克勋爵的电报,"邮差说,"他是住这儿吗?"

仆人点点头,签了字,就给泰山送了过去,这时泰山已准备启程回伦敦了。

泰山撕开信封,只看了一眼,脸色就发白了。

"你看看吧,保罗,"他边说边把电报递给达诺,"他们已经下手了。"

达诺接过电报,看到上面写着:

杰克在花园里被人掳走,新仆人系同谋。速归。

简

泰山坐敞篷车从车站赶回了伦敦的住所,他跳下车,大步跑上台阶,只见妻子在门口哭得眼睛通红,痛不欲生。

简·波特·克莱顿急忙把自己了解到的情况跟丈夫说了一遍。

当时天气正好,保姆推着婴儿车里的杰克在门前散步,不经意间看到一辆出租车缓缓开到街角,停在路边没熄火,没有乘客下车,好像在等着什么人。

与此同时,新来的男仆卡尔从格雷斯托克家跑出来跟保姆说,夫人有话要跟她说,由他来临时照看一下小杰克。

保姆对卡尔毫无戒备,走到门口,忽然想起来要提醒卡尔别把婴儿车转过去,免得阳光刺到杰克的眼睛。

就在转身准备告诉他的时候,她吃惊地看到卡尔推着婴儿车快步朝街角走去,这时,出租车的车门也打开了,透过车缝还看见车里一张黝黑的面孔。

她瞬间意识到杰克遇到了危险,她大叫一声,冲下楼梯,朝出租车飞奔过去,而卡尔此时正把杰克递给车里那个皮肤黝黑的人。

没等她跑到车前,卡尔已经跳上车,坐到他的同伙身边,"砰"地一声关上了车门。这时,司机也已发动了车,但不知怎的,车好像出了点故障,挂不上挡。就在司机倒车准备重新启动时,保姆已经跑到了车旁。

她跳上脚踏板,声嘶力竭,奋力抗争,试图从他们怀里抢回孩子,车已开动了可她还始终不放,坚持抗争着,直到车开过格雷斯托克家,卡尔借着车速狠狠地把她甩到了人行道上。

保姆的叫喊声引来了众多仆人和街坊四邻,格雷斯托克家的人自然也来了。格雷斯托克夫人亲眼目睹了保姆奋勇搏斗的场景,自己也试图去追那辆疾驰而过的出租车,只可惜为时已晚。

这就是目前掌握的所有线索。要不是丈夫告诉她尼古拉斯·茹科夫从法国监狱逃跑了,格雷斯托克夫人做梦也想不到嫌疑人的身份,她以为茹科夫还在监狱里。

就在泰山夫妇着急着如何找回孩子时,右侧书房里的电话响了。泰山赶紧去接。

"是格雷斯托克勋爵吗?"电话另一头的男人问道。

"是的。"

"你儿子是不是被人掳走了?"那个人继续道,"现在只有我能帮你找回孩子,我对策划这场阴谋的人了如指掌。实际上,我也曾是其中的一员,本打算事成之后一起分利,可现在他们却想甩掉我。为了找他们算账,我决定帮你找回孩子,但条件是你保证不告发我。怎么样?"

"只要你带我去见我儿子,"泰山答道,"我保证既往不咎。"

"好,"那人说,"但你必须独自来见我,不然我没法完全相信你,我可不能冒险再让其他人知道我的身份。"

"那我们什么时候见?在哪见?"泰山问。

那人给了泰山一个酒馆的名字和地址,那酒馆就在多佛港的岸边,水手们经常光顾。

"你过来就行,"他最后说,"就今晚十点左右吧,也别来得太早。在此期间我可以保你儿子安全,也可以偷偷领着你去见他。但一定要保证你是一个人过来,也别通知伦敦警察厅。我认识你,而且会一直暗中监视你。"

"一旦我看见有人跟你一起,或发现类似警察耳目的可疑人员,我就不会出来见你,而你也将失去找回儿子的最后机会。"

刚说完,那人就把电话挂了。

泰山把通话的主要内容跟妻子重复了一遍,她恳求他让自己跟着一起去。但泰山坚持独行,免得那人真的如其所说,不再帮助他们找儿子了。就这样,夫妻二人暂且分别,泰山赶往多佛,而简则在家里等待丈夫的消息。

夫妻俩无法想象,还要经历多少磨难,跨越多少阻隔才能再次相见。不过,现在想这些有什么用呢?

泰山走后十分钟,简·克莱顿还在书房的丝制地毯上来回踱步,惴惴不安。初为人母的她,夫离子散,心如刀绞。既抱有希望,又心怀恐惧,痛苦不已。

虽然她知道,按道理来说丈夫按照那个神秘人的要求独自前往,应该不会有什么大碍,但直觉告诉她,丈夫和儿子可能正处于极度危险之中。

简越想越觉得刚刚那个电话很可能是一个阴谋,是为了拖延时间,趁机转移孩子,甚至把他拐卖出国,也可能只是一个诱饵,把泰山引诱到死敌茹科夫手里。

越想越觉得不对,简吓坏了,瞥了一眼书房角落的大钟,指针滴答滴答地划过。

已经赶不上泰山乘的那班火车了。可等会儿还有一班车去海峡港,要是坐这班车就可以在晚上十点之前赶到约定地点。

简即刻叫来女仆和司机,吩咐下去。十分钟后,她坐上车穿过拥挤的街道,朝火车站疾驰而去。

泰山于当晚九点四十五分走进多佛岸边那家乌烟瘴气的酒馆。他刚走进这间臭烘烘的屋里,一个蒙面人就与他擦肩而过,朝街上走去。

"勋爵,请跟我来!"陌生人对他耳语。

泰山转过身,跟着那人走进一条昏暗的小径——客人们都叫它"大道"。到了外面,那个人把泰山领到一片漆黑的地方,这里靠近码头,堆满了包裹、箱子和木桶,地上投射出片片黑影。那人就在这儿停下了脚步。

"我儿子呢?"格雷斯托克问。

"在那艘小轮船上,只有到了那边,才能看见船上的光亮。"那个人答道。

昏暗中,泰山想仔细看看身边这个人长什么样,这位"向导"正是亚历克西斯·保罗维奇。他们是老相识,可泰山并没认出他,要是认出来的话,泰山就会明白,这个人对自己找儿子非但毫无价值,而且满肚子坏水,跟着他走,每一步都暗藏危机。

"现在没人看着他,"这个俄国人接着说,"那些把孩子拐走的人觉得那儿很安全,'金凯德号'上现在除了几个船员之外,没有别人。那几个船员也被我用松子酒灌醉了,一时半会儿还醒不了。我们可以上船,抱上孩子,再神不知鬼不觉地回去。"

泰山点了点头。"那咱们快动身吧。"他说。

这位"向导"领着他来到一艘停靠在码头的小船上。两人上船之后，保罗维奇麻利地把小船划向轮船，从轮船烟囱里冒出的黑烟并没有让泰山起疑。他脑子里想的全是马上就可以见到自己的宝贝儿子了。在轮船的侧面，他们发现了一个悬梯，两人偷偷地爬上梯子，上了甲板后，那个俄国人指了指一个舱口，两人就匆匆向船尾走去。

"你儿子就在里面，"他说，"你最好亲自下去找他，不然陌生人抱他，他可能会吓得大哭。我在这儿给你放风。"

泰山救子心切，压根儿没注意到"金凯德号"周遭的异常。甲板上空无一人，虽然周围水汽朦胧，从烟囱里冒出的浓烟也不难看出它随时准备起航。

想着马上就可以把宝贝儿子拥入怀中，泰山沿着舱口边缘的把手，健步如飞地跳入一片漆黑。直到"咔嗒"一声巨响，舱口被关上了，他才松开把手。

泰山立马意识到自己落入圈套，不仅没救到儿子，连自己也落入敌人之手。虽然他试图把舱门举起来，但终究还是无能为力。

他划着一根火柴，观察周围的环境，这是一间从主货舱单独隔开的小隔间，头顶的舱口也是唯一的出入口。显然这个房间是有人专门为了陷害他而精心设计的。

这个隔间里什么都没有，更没有人。如果孩子还在这艘船上，那他一定被关在别的地方了。

二十多年来，从年少无知的男孩到血气方刚的男人，人猿泰山游遍丛林，却从未与人为伍。他在丛林生活中学到的最重要的一课便是：像野兽一样坦然地接受快乐和悲伤。

所以泰山既没有咒骂命运的捉弄，也没有想方设法盲目地自救,而是耐心地等待着命运的安排。后来,他又仔细检查了一遍他的"牢房",敲了敲用厚木板做的墙壁,量了量舱口到他头顶的高度。

就在他忙着检查的时候,忽然传来发动机和螺旋桨的震动声。

船开动了!它要开往哪里?自己又将面临怎样的命运?

头顶上传来轰隆隆的引擎声,这些疑问在脑海中挥之不去,他不由心生恐惧,直冒冷汗。

这时,"金凯德号"的甲板上突然传来一声尖叫。那是一个惊慌失措的女人,叫声清晰刺耳。

## Chapter 2
## 放逐孤岛

泰山和"向导"消失在一片漆黑的码头。此时,一个包裹严实的女人慌张地穿过小路,朝着他俩刚出来的酒馆走去。

在酒馆门口,她停下脚步,朝四处张望着,仿佛很欣慰:终于找到这儿了。她鼓起勇气推开门,走进乌烟瘴气的酒馆。

一群醉醺醺的水手和混迹码头的无业游民用异样的眼光打量着这位衣着华丽的妇人。酒馆里的一位侍女也目不转睛地盯着她,眼神既羡慕又憎恨。

妇人走向那位慵懒的侍女,"你有没有看见一个男人,个子挺高,衣着很讲究,应该进来有一会儿了,"她问道,"他还在这里见了个人,后来一起离开了。"

侍女说见过,但不清楚他们去哪了。一个过来凑热闹的水手透露,他刚刚进来的时候刚好看见两个男人出去,朝着码头的方向走。

"他们朝哪儿走了,快带我去!"妇人边喊边丢了枚硬币给水手。

水手领着妇人出了酒馆,一路飞奔赶向码头。沿码头走着走着,他们发现对岸有条小船正朝旁边的一艘轮船划去。

"他们在那儿。"水手低声说。

"找条船来,带我上那艘轮船,我再给你十镑。"妇人喊道。

"那就快点,"水手说,"要想赶在'金凯德号'起航之前上船,可得抓紧时间。一小时前,我听其中一位船员说,锅炉都烧三个钟头了,就等着那位乘客呢。"

他边说边把妇人带到码头边,那儿正好停着条小船。他俯下身把妇人送上船后,自己也跳上去,推开船缓缓离岸。不久,两人便顺风疾驶而去。

刚到轮船边上,水手就伸手要钱,妇人连数都没数,直接塞了一把到他手里。水手扫了一眼,知道这笔赚大了,连忙帮着妇人爬上梯子,把小船紧挨轮船靠着,随时待命,以备这位阔绰的乘客返程之需。

这时,传来了发动机的轰鸣声和起重鼓轮上钢缆的"咔嗒"声,"金凯德号"启航了。不一会儿,待命的水手听见螺旋桨也运转起来,轮船缓缓驶入英吉利海峡,渐行渐远。

水手转过身准备划船回岸,突然,轮船甲板上传来一声女人的尖叫。

"大事不妙,"他喃喃自语,"我还是赶紧溜吧。"

那位蒙面的妇人正是简·克莱顿。她爬上"金凯德号"的甲板,发现船上一片荒凉,空无一人。于是,她开始四处寻找,希望能顺利找到丈夫和儿子。

很快,简便赶到那间在甲板上只露出一半的船舱。她匆匆顺着舱室扶梯爬进主舱，只见到两侧的小舱室，都是船员们办公的地方，却没注意前面有间小舱室的门被悄悄关上了。她走到主舱的尽头，又返回来挨个儿趴在小舱室的门口，一边听一边偷偷地试门闩。

每间房都是静悄悄的，此刻的她胆战心惊，"扑通扑通"的心跳声听着就像船上发出的警报，在耳边轰隆作响。

一间间房门打开之后，里面空空如也。简一心只顾着找人，没注意到船上的异常：引擎"呜呜"地启动起来，螺旋桨"突突"地转着……

这时，简走到右侧最后一间房，一推门就被一个强壮有力、面目黝黑的男人一把拽了进去。屋里封闭严实，散发着难闻的气味。

突如其来的举动让她惊恐万分，忍不住大声尖叫，男人见状立马伸手捂住她的嘴。

"你等船开远点儿再喊吧，亲爱的，"男人说，"等船开远了，你就是喊破喉咙也没人管。"

简转过头，端详着眼前这个满脸胡须、斜视着她的男人，居然是尼古拉斯·茹科夫！简不由往后一缩，在茹科夫松手时，吓得叫出了声。

"尼古拉斯·茹科夫！居然是你！"她惊叫。

"正是我，你忠实的仰慕者。"这个俄国人深深地鞠了一躬，答道。

"我那可怜的儿子呢？"简毫不理会茹科夫的恭维，继续说，"你把他藏哪儿了？快让我见他！尼古拉斯·茹科夫，你怎么可以这么残忍，你难道就没有一点怜悯之心吗？告诉我他在哪，是不是在这条船上？求求你了，如果你还有点人性，就让我见见他吧！"

"只要你照我吩咐的做，我保证不会伤他一根毫毛，"茹科夫说，

放逐孤岛 | 011

"可你记着,这都是你自找的。既然你自投罗网,那就得自食其果,真是没想到啊,"他自言自语,"这样的肥差能落到我头上。"

说完,茹科夫就上了甲板,锁上舱门。简连着好几天都没见着他,其实是因为茹科夫太不适合做水手了。自从"金凯德号"启航以来,一路波涛汹涌,这个俄国人就晕船晕得厉害,只能窝在铺上。

在此期间,简唯一的访客就是一个粗野的瑞典人,斯文·安德森。他是"金凯德号"上的厨师,负责给简送饭,可他做的饭真是让人难以下咽。

安德森个子很高,骨瘦如柴,脸色苍白,那双紧挨着的蓝色小眼睛从来不正眼看简,满脸泛黄的长胡子,还留着脏兮兮的指甲。简经常看到他积满污垢的拇指戳进不冷不热的饭菜里,那好像成了做饭的必要步骤,只让她觉得倒胃口。

他走起路来像猫一样蹑手蹑脚,腰间围着脏兮兮的围裙,油腻的裙带上还系着一把细长的尖刀,让他看起来更阴险。显然,这对他而言不过是赖以求生的工具,但简不知道他若是一不小心被激怒了,是否就会拔刀相向。

尽管简一直笑脸相迎,他送饭过来时还不忘跟他说声"谢谢",可他仍然板着脸。不过送来的饭,他前脚刚走,简后脚就倒了。

简被囚禁的这几天,内心饱受折磨,现在最牵挂的就是丈夫和儿子的下落。她坚信,如果儿子还活着,那一定就在"金凯德号"上,至于丈夫被引诱到这艘船上之后是生是死,自己却不敢想。

可这个俄国人为何要把泰山引诱上船呢?她知道,泰山当年搅了茹科夫的"好事",致使他锒铛入狱,他一定对泰山恨之入骨,所以唯一的理由就是想放逐泰山,这也算是比较稳妥的复仇大计了。

另一边，泰山正躺在漆黑的牢房里，妻子刚好被囚禁在他头顶的那间舱室，他对此却毫不知情。

给简送饭的瑞典人斯文也负责给泰山送饭，泰山好几次想套他的话，可惜都没成功。泰山想向他打听儿子在不在船上，可一问到这类问题，斯文总是那句："风越刮越大了。"试了几次都是如此，泰山索性放弃。

被关押的这几周，两个人度日如年，只知道船在开着，却不晓得要开往哪儿去。一次，"金凯德号"停下来加煤，刚加好就立刻再次启程，好像要开始一场永无止尽的航行。

自从茹科夫把简囚禁后，只来探望过一次。他被晕船折磨得眼窝深陷，人不像人鬼不像鬼。他过来找简是想要赎金，放她回伦敦。

"只要把我们一家三口安全地送到任何一个文明国家的港口，"她回应，"我就答应付你双倍的酬金，可你要是做不到，我一分钱也不会给你，也别想跟我谈其他条件。"

"你会乖乖给钱的，"他怒吼起来，"否则你的丈夫和孩子休想再踏上文明的国土！"

"我才不信你，"她说，"我怎么知道你拿了钱之后，会不会违背诺言，继续恣意妄为？"

"我相信你会乖乖听话的，"他说着便转身准备离开，"记着，你儿子可在我手上呢，要是听到孩子的惨叫声，你或许还能得到点安慰，不过要是那样的话，你的儿子可要因为你的固执受苦了。"

"你不能那么做！"简哭喊着，"你怎么能如此心狠手辣、蛇蝎心肠！"

"心狠手辣的不是我，是你！"他又走回来说，"对你来说，明明只要花点小钱就能让孩子免于受苦，你都不肯！"

最后，简·克莱顿不得不妥协，写了张巨额支票交给尼古拉斯·茹科夫，只见他嘴角上扬，泛出一丝狡黠的阴笑，离开了舱室。

第二天，泰山的舱门被打开，他抬头看见一抹亮光，保罗维奇正探着脑袋。

"上来吧，"这个俄国人命令道，"记着，你要是敢乱动一下，敢袭击我或船上其他人，我就毙了你。"

人猿泰山纵身跳上甲板，只见远处站着五六个带着步枪和手枪的水手，站在他面前的正是保罗维奇。

泰山四处张望着找茹科夫，他确信后者一定就在船上，可连影子也没找见。

"格雷斯托克勋爵，"保罗维奇开口说，"你三番五次搅黄保罗维奇的计划，现在不仅自投罗网，陷入绝境，还把家人也搭了进来，要怪只能怪你自己。你也看到了，为了这次行程，茹科夫可没少搭银子，而你是罪魁祸首，所以他自然想向你要点赔偿。"

"而且，我必须得提醒你，要是无法满足茹科夫的要求，那你妻儿的后果将不堪设想，你也自身难保。"

"你们要多少钱？"泰山问，"我怎么知道你们会不会信守诺言？我实在没法信任像你和茹科夫这样的败类。"

这个俄国人气得脸通红。

"你现在没有骂人的资格，"保罗维奇说，"我没法给你什么保证，不过我倒可以保证：你要是不乖乖地开支票，我们就先干净利落地把你干掉。"

"你要是不傻就该看得出来，周围的那群人就等着我下令，痛痛快快地开枪呢。可我们还有别的计划，可以慢慢地折磨你，痛快地了断岂不是太便宜你了。"

"我只想问一件事，"泰山说，"我儿子在这条船上吗？"

"不在,"保罗维奇答道,"他在别的地方,安全着呢,只要你答应我们合理的要求,我们自然不会伤害他。但如果要是你非死不可,那也没必要再留着那孩子了,不然只会徒增危险,令我们陷入窘境。毕竟我们留着他,只是想教训你罢了。所以你也看到了,只要按我们的要求开支票,不仅能救你自己,还能救你儿子。"

"那好。"泰山一口答应了下来。他知道,保罗维奇的威胁绝不只是吓唬吓唬自己而已,那些阴险的勾当他真能做得出来。所以只有向他们妥协才有一线生机救出儿子。

但泰山也无法确定在开了支票之后,自己会不会被杀,最后决定还是放手一搏,大不了决一死战,把保罗维奇先送上西天,只可惜茹科夫不在。

泰山从口袋里掏出支票簿和钢笔,问道:"要多少钱?"

保罗维奇说了个天文数字,让泰山差点笑出声。

这帮人真是贪得无厌,不过他们忙活这么久都是白费力气。因为泰山的账户里根本没有他们要的那么多赎金,就算开了支票也无效。泰山故意犹豫不决,还跟他讨价还价,当然保罗维奇是不肯退让的。最后,泰山在支票簿上照数填上了金额。

泰山伸手把这张一文不值的支票递给保罗维奇,他一抬头刚好瞅见"金凯德号"的右舷船首,不由得大吃一惊,原来轮船离岸边只有几百码了。水岸尽头是一片热带丛林,后面的高地郁郁葱葱,树木繁茂。

保罗维奇也注意到了他凝视的那片丛林。

"我们就准备把你放到那儿,你可以重获自由了。"他对泰山说。

泰山一听,立马打消了用武力找保罗维奇报仇的念头。他以为眼前的这块陆地是非洲,想着只要放他自由,自己一定能轻松地找到文明之地。

保罗维奇接过支票,对泰山说:"把衣服脱了,反正到了那儿你也用不着。"泰山并不情愿,但保罗维奇指了指持枪的水手们,那些枪可不是好惹的,于是泰山不得不一件一件地把衣服脱了。

一艘小船被缓缓放至水面,上面依旧戒备森严,泰山也上了小船。水手们把他送上岸后,便返回"金凯德号",轮船又缓缓启航了。

其中一个水手在返程前递给泰山一张字条,他正准备看时,听见一声呼喊,便抬起了头。顺着狭长的海岸线,他看到渐行渐远的轮船上,有个人站在栏杆处大声喊他。

那是一个黑胡子男人,抱着个孩子,举在头顶,放声嘲笑着他。泰山刚要冲出去,准备冲破风浪,赶上那艘已经起航的轮船,可想到这种冲动之举只是徒劳,便在岸边停下了脚步。

就这样,他站在那儿,死死地盯着"金凯德号",直到它消失在海角。

小猴子在树上"叽叽喳喳",远处的丛林传来猎豹的嘶吼。身后的丛林里,有一双凶神恶煞、布满血丝的眼睛正恶狠狠地瞪着他。

可约翰·克莱顿,格雷斯托克勋爵对此却浑然不知,依旧沉浸在无尽的悔恨之中,他懊恼自己为何那么轻易地信了保罗维奇的话,错失了良机。

"至少还有一件事能让我欣慰,"他心想,"还好简现在伦敦,还好她是安全的。真是谢天谢地,她没有落入这帮恶棍之手。"

泰山身后的长毛怪还在虎视眈眈地盯着他,就好像猫盯着老鼠一般,一步步蹑手蹑脚地向他走来,可他对此依旧毫无察觉。

人猿那些训练有素的感官都去哪了?

他犀利的听觉呢?

他灵敏的嗅觉呢?

# Chapter 3
## 野兽归来

心事重重的泰山慢悠悠地打开水手先前塞给他的纸条,乍一看以为没什么,待回过神来才发现这场阴谋诡计远比自己想象的更可怕。

纸条上写着:

下面的话会让你明白,我对你和你儿子究竟作何打算。

你生来就是只臭猿猴,赤身裸体,生活在丛林中,现在我们已经让你回归本真。可你儿子就不一样了,他总得比你强点儿,毕竟这是物种进化的永恒法则。

老子是野兽,可儿子会成为人类,会爬上人类进步的阶梯。他不会像你一样成为丛林里赤身游走的野兽,但他会缠着遮羞布,戴着铜脚镣,或许还套着鼻环,因为他将由野蛮的食人族养大,并成为其中的一员。

我本可以直接杀了你,可那么痛快地了断是对你的赦免,绝不能这么便宜了你。

你要是死了,就不会知道儿子的处境,也不会这么痛苦;可你要是活着,就会在这陌生的地方了此余生,处在找孩子、救孩子的恐惧之中,这样的折磨可比直接杀了你有意思多了。

这是对你一个小小的惩罚,谁让你非要处处跟我作对呢!

另外,对你的另一个惩罚,不久之后就会落到你夫人头上,至于会如何惩罚,就留给你尽情想象吧!

尼古拉斯·茹科夫

看完纸条后,他忽然听到身后好像有什么动静,立马从悲伤中被拉回现实。

那些感官也瞬间恢复,人猿泰山回来了。

出于自我保护的本能,他俨然变成了一头野兽。在来回盘旋之间,一只体形壮硕的猿猴已经向他冲了过来。

自泰山和妻子被救出那片原始森林,已经过去两年。这两年,他花了很多时间和精力打理乌兹瑞的地产,那儿刚好有充足的场地供他训练,时刻保持强悍的战斗力,所以那些曾让他战无不胜、驰骋丛林的本领并没怎么退化。可如今赤手空拳,想打败这个体形壮硕的长毛怪,确实是个不小的考验,他最讨厌在荒郊野外遇到这种考验。

可除了赤手空拳,迎难而上,他别无选择。

从巨型猿的肩膀上望去,十几个健壮无比的原始人祖先,正探着脑袋观望着。

可他知道,这些类人猿应该不会袭击他,以他们的智商,还想不到齐心协力抗敌,否则凭着健硕的肌肉、锋利的尖牙和无坚不摧的本领,他们早就成为丛林之王了。

巨型猿一声低吼,一头扎向泰山。人猿泰山灵机一动,想到自己作为一个文明开化的人，可以采用一些这个家伙不知道的科学战术。

要是在几年前，泰山可能还会跟巨型猿"硬碰硬"，可现在，他一步横跨，躲过对面的横冲直撞，在对手扑空时，再一个扫腿，刚好踢中对方的心口。

巨型猿一声长啸，气愤不已又疼痛难忍，不得不弯下腰，它想立马挣扎着站起来，可白皮肤的敌人转身又是一阵猛扑，打得他重重地倒在地上。

举手投足间，最后一丝文明的气息也从这位英国勋爵的肩上滑落。

那个以血腥厮杀为乐的丛林之兽又回来了，那个卡拉之子——泰山又回来了。

他用锋利洁白的牙齿一口扎进对手毛茸茸的喉咙，摸索着颈静脉。

他时而用有力的手挡住敌人的尖牙，免得咬到自己，时而握紧铁拳，像汽锤一样重重地砸在对手那哀嚎不断、唾沫飞溅的脸上。

部落的其他猿猴围成圈，一直站在边上观战。要是咬下点白人的皮肤或毛茸茸的血腥皮肤，他们就会发出低沉的喉音表示喝彩。后来，魁梧的白猿在猿王的背上扭打，结实的肌肉别在猿王的腋下，宽厚的手掌遏制住猿王粗壮如牛的脖子，猿王只能痛苦地尖叫，在浓密的草地上做无谓的挣扎，那些猿猴看到这儿时，瞬间屏气凝神，鸦雀无声，又吃惊又期待地观望着。

几年前，泰山因为想离开丛林去寻找和自己一样肤色的人类，和特克兹也进行了一场搏斗，而现在他正用着同样的战术——无意中绊倒对手，得以取胜。旁边急躁不安的类人猿听到猿王的脖子咔咔作响，夹杂着喉咙里发出的尖叫声、可怕的咆哮声。

突然,"咔嗒"一声,像结实的树枝被狂风刮断了一样,猿王的脑袋一下子垂到毛茸茸的胸膛上,只留下松塌塌的脖子,哀嚎声和尖叫声也戛然而止。

观战者们眨着小眼睛,一会儿看看毫无反应的猿王,一会儿跑去看看挣扎着站起身的白猿,一会儿又跑回猿王身边,好像在纳闷,它为什么不站起来,杀了这个嚣张跋扈的陌生人。

看到这个新来的一脚踩在猿王脖子上,猿王却一动不动,听到那巨型猿胜利之后野性、可怕的叫声,它们才反应过来——猿王已经死了。

整个丛林回荡着胜利者的嚎叫。树上叽叽喳喳的小猴子立马安静下来,羽翼华丽、叫声刺耳的小鸟也吓得一动不动。远处还回应着一只黑豹的哀嚎和一只狮子的咆哮。

像当年一样,泰山用疑惑的眼神看着眼前的小猿猴;像当年一样,泰山扬起帅气的头颅,把滑落到眼前的头发甩到后面去。当年,在生死攸关的搏斗中,他肩上浓密蓬松的长发总是会落到眼前,遮住视线,这个动作已经成为他长久以来的习惯。

人猿知道自己可能即将面临攻击,自认为有资格担任猿王接班人的猿猴可能会站出来,跟自己决一死战。他知道,在自己以前的部落,一个陌生人在除掉猿王后会自立为王,霸占老猿王的妻妾,这早已不足为奇。

转念一想,如果自己不理会这些王位觊觎者,它们可能会在他离开之后,互相残杀,争夺王位。如果他愿意,就可以称王,泰山对此信心十足。可是身居高位,就要面临诸多繁琐之事,他不确定自己是否愿意承担,毕竟从中并不能获得什么好处。

一只身形魁梧、肌肉壮硕、年纪稍轻的猿猴向人猿步步紧逼,龇牙咧嘴地发出一声低沉、阴森的嚎叫。

泰山像雕塑般一动不动，观察着对方的一举一动。无论是后退还是前进，都可能刺激对方立即冲过来，甚至直接激怒这位好战之士发起进攻，这完全取决于这只年轻的猿猴有多大的勇气。

眼下权宜之计就是互相僵持，伺机行动。按道理说，这个家伙应该会一步步慢慢靠近目标物，边走边发出可怕的嚎叫，露出留着口水的尖牙，然后再慢慢地围着敌人打转。果然不出所料，这只猿猴正是如此。

这很有可能是一位性格坦率的王室成员，要是性格暴躁的普通猿猴，早就毫无征兆地冲过来撕咬对手了。

这个家伙绕着泰山打转，泰山慢慢转过身，死死地盯着对方的眼睛。他觉得这只年轻的猿猴应该没想过自己能推翻以前的猴王，但总有一天它会这么做。泰山注意到眼前的猿猴身材相当匀称，虽然两条罗圈腿很短，可站起来也有七八英尺。

就算站直了，两只强壮有力、毛发浓密的手臂也几乎够得着地。那善战的尖牙，又长又锋利，现在紧挨着泰山的脸。它和部落里的其他猿猴一样，和泰山以前部落的猿猴有几处细微的本质差别。

人猿刚看到毛发浓密的类人猿时，还激动地涌起一丝希望，以为老天有眼，把自己送回了以前的部落，可仔细观察之后才确定，它们跟自己并不属于一个种族。

气势汹汹的巨猿还在围着人猿，继续摇摇晃晃地打转，这场景就好像一群狗在围着一只入侵的陌生来客一样。这时，泰山忽然想到，要不要试试自己部落的语言和它们家族的语言是不是一样，于是他试着用克查科部落的语言跟巨猿交流。

"你是谁？"他问，"是谁在威胁人猿泰山？"

长毛怪吃惊地望着他。

"我是阿库特。"对方用同样简单、原始的口吻答道，这种语言在口头语言中算是非常低沉的了。正如泰山所料,这个部落的语言和他小时候生活的部落里的一样。

"我是阿库特,"巨猿回答,"莫拉克死了,我就是猿王。快点滚开,否则我就杀了你!"

"你也看到了,我轻而易举就把莫拉克杀了,"泰山答道,"所以要是我想称王,同样也可以杀了你。但人猿泰山不想成为阿库特部落的猿王,他只希望在这里平静地生活。交个朋友吧,人猿泰山可以帮助你,你也可以帮助人猿泰山。"

"你杀不了阿库特,"巨猿说,"没有谁能比阿库特强壮,就算你不杀莫拉克,阿库特早晚也会杀了他,阿库特已经做好称王的准备了。"

在巨猿说话的工夫,人猿趁它放松了警惕,猛地扑向它。

一眨眼的工夫,人猿就擒住了巨猿的手腕,没等对方还手,人猿一个回旋,骑到巨猿宽阔的后背上。

两人一起倒地,可泰山的战术还是奏效了。在着地前,他就像扭断莫拉克的脖子时一样,擒住了阿库特的要害。

他慢慢地握紧手,增加压力。当年,他给了克查科几天时间选择要不要投降,现在也是一样,他觉得阿库特很有可能成为一个有力的同盟,所以也愿意给阿库特选择的机会,要么和平相处,要么像那位在此之前都战无不胜的猿王一样死去。

"卡-高达?"泰山对身下的巨猿低声说。

和当年问克查科的问题一样,在猿语里的意思大概是,"你投降吗?"

阿库特联想到刚刚莫拉克的脖子被扭断时咔咔作响的声音,不由地瑟瑟发抖。

它再次奋起反抗想要挣脱,泰山见状朝它脊椎处用力一扭,

野兽归来 | 023

又一次挣脱失败。它被折磨得疼痛难忍,虽然实在不想放弃王位,可还是不得不极其痛苦地从嘴里吐出一声"卡-高达!"

泰山这才稍微松了松手。

"阿库特,你可以继续当你的猿王,"他说,"泰山说了,他并不想称王。如果有谁阻挡你称王,人猿泰山也会助你一臂之力。"

人猿松开手,站起身,阿库特也挣扎着站了起来,晃了晃脑袋,生气地嚎叫着,朝着自己的部落蹒跚而去,还时不时地走近围观的巨猿,生怕它们会挑战自己的王权。

但并没有谁有这种想法,它靠近的时候,它们反倒都散开了。不一会儿,这群看热闹的猿猴都消失在丛林深处,泰山又孤身一人被留在了海滩。

人猿这才感觉到伤痕累累,隐隐作痛,这些伤是莫拉克留下的,不过他已经习惯了用冷静和毅力去对待皮肉之苦,像那些出生在丛林的野兽一样对待丛林生活。

他意识到自己现在最需要的就是防身的武器,遇到的那些巨猿、丛林深处的狮子努玛和野蛮怒吼着的黑豹希塔,无不提醒着自己:丛林生活将不得安宁。

又要回到那种杀戮不断、危机四伏的日子了。他会像当年一样,被残忍的野兽埋伏跟踪,所以需要立刻就近取材,打造武器,以便日夜防身之用。

在海边,他找到了一块露出地面的易碎的火成石。费了好大力气,切下一块约 12 英寸长、0.25 英寸厚的薄片,其中一端的尾部还薄个几英寸,这样便做出刀片的雏形了。

他拿着刀片走进丛林,四处寻找,终于发现一棵卧倒的枯树。他很熟悉这种树,知道它木质坚硬,于是就从上面砍下一根笔直的小树枝,把其中一端削尖。

接着,他在这根横卧的树干上挖了个圆形小洞,往里塞了些切碎的干树皮,插上刚削尖的树枝,两腿跨坐在树干上,用手掌快速搓着树枝。

不一会儿,一缕青烟从那簇木屑当中袅袅升起,很快便燃起火焰。泰山在微弱的火苗上堆了些长点的细枝、粗棍,枯树上的洞越烧越大,片刻之后就燃起熊熊火焰。

他把石制刀片插入火中,待它充分受热后取出来,再用较薄的一端沾了点水。这样,高温的石头遇水后,透明的杂质便会自动脱落。

就这样一步一步,人猿开始了枯燥乏味的工作——打磨那把原始的猎刀。

他并没指望一蹴而就。刚开始,能打磨出一个几英寸的刀刃,他就很满意了。接着,用刚打磨好的刀,削了一把柔韧的弓、一个刀柄、一根粗短的木棍,还削了许多支箭头留作备用。

他把这些"武器"藏在小溪旁的一棵大树上,放好之后再用棕榈叶盖着。

安置好一切,已是黄昏时分,泰山感觉一阵饥饿,很想吃点什么。

走进森林后,泰山逆流而上,发现大树不远处有个地方可以饮水,从两岸被踩踏的痕迹来看,显然有很多飞禽走兽都去那儿饮水。于是,饥肠辘辘的人猿悄悄地朝饮水处走去。

凭着猿猴优雅从容的弹跳本领,他在树顶游来荡去,自由穿行。要不是心事重重,他倒觉得回到孩提时无忧无虑的丛林生活也很幸福。

可即便藏着心事,他还是很快就适应了自己早年的丛林生活,而且觉得比起过去三年外面那些白人轻易就给自己披上的虚饰,现在的生活习惯反倒让自己活得更真实,那些强加的虚饰只是掩盖了人猿泰山的野兽本质。

要是贵族院的那些同僚们看到自己如今的模样,一定会吓得后退三尺。

泰山悄悄地蹲在一棵大树的低枝上,眼神犀利,听力敏锐,全神贯注地观察着远处的丛林。他知道,晚餐很快就有着落了。

确实没有久等。

他换了个舒服的姿势,收回矫健的双腿,像黑豹一样蓄势待发。果然,一头鹿——巴拉,迈着优雅的步子向水边走来。

可这只优雅的雄鹿巴拉并没察觉到身后还跟着一位。而泰山看得清清楚楚,因为他埋伏的地势比较高。

他并不确定几百码之外偷偷跟过来的是什么,但他确定这个跟踪巴拉的猛兽一定和自己怀有同样的目的,这倒让他有点想见见这个身手敏捷的家伙了。他猜这个家伙可能是狮子努玛,或黑豹希塔。

无论如何,泰山都不能眼睁睁地看着嘴边的美味溜走,除非巴拉突然迅速地掠过浅滩。

想着想着,泰山发现,巴拉一定察觉到了身后追捕者的动静,只见巴拉一惊,突然战战兢兢地停了一下,立马猛地冲向河流和泰山的方向。原来它是想越过浅滩,逃到河对岸。

不到一百码处,努玛追了过来。

泰山现在看到了这个追踪者,而且看得一清二楚。这时,巴拉正准备从泰山下方穿过。泰山犹豫:要让它逃走吗?可就在犹豫的功夫,因为饥饿难耐,他已经本能地冲了下去,跳到那只受惊的雄鹿身上。

要是再犹豫一会儿,努玛就该赶过来了,所以要是还想吃上晚饭，还想活命，就必须动作迅速。

　　他骑在雄鹿光滑的背上，使劲一压，雄鹿被压得跪倒在地。他两手各握一只鹿角，用力一扭，只听见"咔嗒"一声，雄鹿的脊椎就被扭断了。最后他伸手握住雄鹿的脖子，直接来了个一百八十度大旋转。

　　泰山起身一掀，把雄鹿扛上肩，用力咬住鹿的一条前腿，纵身一跃，跳到头顶的树干上，那头狮子紧随其后，愤怒地咆哮着。

　　泰山双手抓住树干，就在努玛跳起来攻击之际，又纵身一跃，躲过一劫。

　　这只笨狮子袭击未果，重重地跌倒在地。泰山见状便赶紧扛着雄鹿爬上高处更安全的树干，龇牙咧嘴地看着树下正用闪闪发亮的黄眼睛盯着他的猛兽，脸上洋溢着嘲弄和侮辱，好像在炫耀自己在它眼皮子底下轻而易举就捕获了这么鲜嫩的猎物。

　　凶猛的狮子在树下来来回回，咆哮不止，而格雷斯托克勋爵在树上用那把粗糙的纯天然石刀，从雄鹿的后腿上割下一块鲜嫩多汁的肉，狼吞虎咽地填饱了肚皮。他在伦敦的私人俱乐部都没吃到过如此美味的大餐。

　　他的手上、脸上处处沾着猎物的鲜血，连鼻孔里也散发着食肉动物最爱的血腥味。

　　吃完大餐，泰山把剩下的鹿肉平放在一根高高的树杈上，刚才就是在这儿享用了大餐。看到努玛还在树下穷追不舍，伺机报仇，他又回到树顶的小窝，一直睡到第二天太阳升得老高。

野兽归来 | 027

## Chapter 4
## 黑豹希塔

接下来几天,泰山一直忙着装备武器,探索丛林。他从第一天捕获的雄鹿身上抽出蹄筋,系到弓上做弓弦。其实他更想取下希塔的肠子来做,所以想再等一等,待伺机亲手宰了那头傻豹子再说。

他还搓了根长长的草绳,当年他经常以此对付居心不良的塔布拉特。在他还是个小猿孩的时候,就能游刃有余地操纵绳子,后来便成了他得力的武器。

他给猎刀装上护套和刀柄,又做了个箭袋,还用巴拉的鹿皮做了条腰带和一块缠腰布。一切准备妥当后,便开始探索这片未知的土地,在这儿他也回归了本真。看到太阳从丛林边的海岸线冉冉升起,他意识到这里坐西朝东,并不是自己熟知的非洲大陆西海岸。

不过,他确定这儿也不是非洲的东海岸。因为自己之前还庆幸"金凯德号"没有穿越地中海、苏伊士运河或红海，也没绕过好望角。所以现在的他一片茫然，不知道自己究竟身在何处。

有时候，他甚至怀疑，轮船是不是横渡了浩瀚的大西洋，自己是不是被丢在南美洲一个荒凉的海边。可狮子努玛的出现，又让他打消了这个念头。

泰山在丛林里顺着海岸线孤零零地走着，孤独感阵阵袭来。泰山突然很渴望有个伴，甚至渐渐开始后悔自己当初没跟那些猿猴同行。自第一天离开后，他就再没碰见过一只猿猴，那时的他，身上还笼罩着文明的气息。

而现在的他几乎回到了当年，虽然知道自己和那些巨型猿可能并没有什么共同之处，可有个伴总比一个人孤零零的好。

泰山不慌不忙地穿行在丛林间，时而在地面上悠闲地走着，时而在低树枝间游来荡去，偶尔还摘点野果，或掀起倒下的枯树，找些大个儿的虫子吃。这些野味尝起来还跟当年一样，是那么美味。走了一英里多，忽然飘来一股希塔的气味，泰山警觉起来。

现在泰山正巧特别想偶遇黑豹希塔。因为他不仅想用结实的豹肠做弓弦，还想用豹皮做个新箭袋和一块新的缠腰布。所以，他一改先前漫不经心的步伐，鬼鬼祟祟、悄无声息地紧随其后。

他步伐轻快、动作敏捷地穿过丛林，紧紧尾随那只野蛮的黑豹。虽出身高贵，可此时的泰山并不比眼前正在追捕的这只猛兽要文明多少。

泰山悄悄走近希塔，忽然发现后者也在追捕猎物。因为一缕微风正巧从右方吹来，带着一股浓烈的类人猿的气味。

泰山看见黑豹时，它已经走到一棵大树下。他居高临下，向远处望去，看到阿库特部落的成员们正懒洋洋地待在一小块天然的空地上，有的猿猴靠着树干打盹儿，有的掀开地下的树皮，找些美味的蛆虫、甲壳虫塞进嘴里。

其中阿库特离希塔最近。

这只黑豹蜷伏在一根粗壮的树干上，耐心地等着那只类人猿走进自己的"埋伏圈"。

泰山的视线刚好被稠密的树叶遮住，于是小心翼翼地爬上黑豹蜷伏的那棵树，爬到更高的位置，左手还攥着细长的石刀。他本来更想用套索，可惜四周枝叶繁茂，很难套准目标。

阿库特已经快闲逛到树下，那位死神正趴在树上等着猎物送上门。希塔缓缓伸出锋利的后爪，突然一声尖叫，猛地冲向那只类人猿。几乎同时，大树上面忽地蹿下一只猛兽，还发出奇怪、野蛮的叫声，与希塔的尖叫声交织在一起。

受惊的阿库特抬头一看，那只黑豹几乎要扑到它身上，而一只白猿已经骑在黑豹的背上，正是曾经在海边打败自己的那只白猿。

人猿用尖牙深深地扎进希塔的后颈，右臂勒住它尖叫不止的喉咙。攥着长石刀的左手，扬起来猛地一戳，刺进黑豹的左肩。

阿库特一惊，吓得赶紧跳到另一边，免得卷入这两只野兽的殊死搏斗之中。

"扑通"一声，两只猛兽双双跌到阿库特脚边。希塔痛苦地尖叫着、咆哮着，而白猿却毫不理会身下苦苦哀嚎的猎物，死死地擒住它。

石刀稳稳地扎进光滑的兽皮，一刀又一刀毫不留情地刺入，而且越刺越深。直到最后，尖叫声戛然而止，黑豹翻滚着蜷缩到一边，抽搐了几下，便一动不动地停止了心跳。

随后，泰山脚踩着手下败将的尸体，高高地昂起头，丛林里再次回荡起他充满野性、预示胜利的嚎叫声。

阿库特和部落的猿猴们目瞪口呆地看着希塔的尸体和那个刚刚杀了希塔的男人，他的四肢如此灵活，身形如此挺拔。

泰山先开了口。

他是有意救阿库特的，他知道类人猿智力低下，要想让它们为自己所用，必须直截了当地表明用意。

"我是人猿泰山，"他说，"也是威猛无比的猎人，所向无敌的战士。在海边时，我本可以取阿库特的性命，自立为王，可当时我饶了阿库特一命。现在我又从希塔的尖牙利爪之下救了阿库特。"

"以后要是阿库特或阿库特的部落遇到危险，尽管这样呼喊泰山。"说着，人猿扯着嗓子发出了可怕的嚎叫声。当年在克查科部落，遇到危险时就会这样召集部落成员。

"还有，"他继续说，"如果听到泰山这样呼喊，你们也要记得泰山对阿库特的恩情，迅速赶过去帮助他，泰山说的你们都同意吗？"

"哈！"阿库特表示同意，接着部落成员们异口同声地回应"哈"。

不一会儿，它们便继续找吃的去了，好像什么都未曾发生过，约翰·克莱顿，格雷斯托克勋爵也和它们一起觅食。

可是，他注意到阿库特总在自己身边转悠，还时不时用它那双充血的眼睛惊奇地盯着他。有一次，它还做了件泰山在人猿生涯中从未遇到过的事——它特意挑了一小块鲜嫩的肉递给泰山。

阿库特的部落捕猎时，泰山雪白的身影总会出现在毛发浓密的褐色队伍里。他们经常擦肩而过，类人猿们显然对此已经习以为常，觉得泰山就像阿库特一样，都是"自家人"。

要是走近一只带着小猿猴的母猿，它会朝泰山露出锋利的尖牙，发出恶意的嚎叫；要是靠近一只正在进食、凶猛好战的年轻巨猿,它也会向泰山发出警告的嚎叫。但是即便对自己部落的成员,它们也会如此反应,所以泰山所受的待遇和部落成员并无二致。

泰山觉得和这群凶猛无比、毛发旺盛的原始人祖先一起生活就像在家里一样自在。见到气势汹汹的母猿,他就敏捷地躲开,因为这是猿群的"规矩",只要不是兽性大发,失去理智,谁都不会招惹母猿。见到凶猛好战、龇牙咧嘴的年轻巨猿,他也会像它们一样露出尖牙利齿,对它们咆哮。所以,他轻而易举便回归早年的生活状态,甚至丝毫看不出他跟人类生活过的痕迹。

整整一周,大部分时间他都在和新朋友们漫步丛林,一来是自己想有个伴;二来是想通过朝夕相处,让那些猿猴对自己的印象更深刻。凭它们的智商,很可能不久之后就忘了他。以往的经验告诉泰山,要是让这些威力无比、凶猛可怕的野兽为自己所用,那可谓是如虎添翼。

确定自己在部落获得身份认同后,泰山便孤身一人踏上探险之旅。为此,他出发那天,一大早就沿着海岸线向北匆匆而行,直至夜幕降临才停下脚步。

第二天早上,泰山站在沙滩上,发现太阳几乎从正右方升起,而不是像此前那样,从眼前的海面升起,所以他推断海岸线一路绵延向西。第二天,泰山又急匆匆地赶了一天路,想加快速度时,他就会像只灵活的松鼠,穿梭在林中浓密的树枝间。

傍晚,太阳划过水面,落入地平线前方的海平面,这时,人猿终于搞清楚了自己心中的疑惑。

茹科夫把他放逐到了孤岛上。

他早就该料到!那个俄国佬,一定会采用这种手段雪上加霜。把他放逐到无人岛,任其自生自灭,还有什么惩罚比这更可怕呢?

茹科夫肯定直接开船去了大陆,到了那儿,想办法把杰克转交到残忍野蛮的养父母手里也相对容易些。

一想到可怜的儿子要遭受的苦难,泰山不禁直哆嗦。他对非洲低劣的野蛮人很了解,知道那儿也有心地善良、富有人性的野蛮人,可即便小家伙被好心人收养,他们的生活还是充满穷困、危险和疾苦。

等孩子长大成人,就得面对可怕的命运。那些残酷的训练会成为他人生历练的一部分,也足以让他与自己的同类产生难以磨灭的隔阂。

一个食人者!他的宝贝儿子将成为一个野蛮的食人者!真是太可怕了,他连想都不敢想。

锉刀般的牙齿,带着铁环的鼻子,涂着可怕图案的小脸蛋。泰山一想到这,不由地发出一声哀鸣,从声音里便可以感受到他有多想用尖牙利爪杀了那个俄国恶魔。

还有简!

她现在又经受着怎样的折磨,她一定忧心忡忡、急躁不安。泰山觉得自己的处境绝对不及她糟糕,因为他至少知道自己深爱的人当中,还有一个人安全地守在家里。可她对丈夫和儿子的下落却一无所知。

还好泰山并不知晓真实情况,否则他会再痛苦一百倍。

他满脑子想着这些烦心事,步履沉重地在丛林里走着,忽然传来一声奇怪的摩擦声,让人不明所以。

他小心翼翼地朝着声音的来源走去,走了不一会儿便看见一只巨大的黑豹被压在一棵俯卧的树下,动弹不得。

泰山慢慢走近,黑豹转过头,对着他咆哮起来,还挣扎着试图得到解脱。可一根粗壮的树干正好横压在它的背上,细小的树枝又刚好缠住它的四肢,让它动弹不得。

人猿站在这只无助的黑豹前,往弓上装了支箭,准备送它上路,不然它困在这里也是被饿死。可就在他拉紧箭杆准备发射时,手下却有一丝迟疑。

自己明明轻而易举就可以让它重获生命和自由,为什么要剥夺这个可怜虫的权利呢!看到黑豹还能为重获自由,用四肢无谓地挣扎,泰山知道它的椎骨和四肢都没有受伤。

他收回弓弦,把箭头放回箭袋,把弓往肩上一撂,一步一步走近这只被困的野兽。

嘴上还发出安慰的呜呜声,猫科动物在满足、开心时才会发出这种声音。在希塔的语言里会以此来建立友谊关系,这是泰山知道的最有效办法了。

黑豹停止了咆哮,密切注视着人猿。要想抬起压在黑豹身上的巨木,就得站到它那凶猛粗壮的爪子旁边,所以一旦枯木被抬起来,泰山就需要担心这只野兽会不会可怜他了。不过,人猿泰山一向天不怕地不怕。

下定决心后,泰山就立马行动起来。

他踩着盘根错节的树枝,毫不犹豫地走到黑豹身旁,嘴里依旧不停地发着友好、安慰的呜呜声。黑豹又把头转向人猿,目不转睛地盯着他,一脸疑惑。它又一次露出长牙,可并不是威胁,好像在为获救做准备。

泰山用宽阔的肩膀扛起树干,赤裸的双腿紧贴着光滑的豹皮,人猿与这只野兽离得如此之近。

渐渐地,泰山也舒展开筋骨。

这棵大树,连同缠绕的树枝被缓缓扛起,黑豹感觉压在身上的重担也渐渐消失,慌忙地爬了出来。泰山把大树放回地面,两只"猛兽"转过头面面相觑。

人猿的嘴角挤出一丝苦笑，在决定赌上性命救这只野兽之时就已做好心理准备，就算它重获自由之后立马扑向自己，他也不会意外。

可那只野兽并没有这么做，反而站在离大树几步远的地方，疑惑地看着泰山从倒在地下盘根错节的树枝上爬下来。

爬下来后，泰山离黑豹不到三步远。他本可以跳到对面更高的树干上，躲开它，因为先前黑豹希塔就跳不到这么高的地方。可大概是冒险精神的刺激，他慢慢靠近黑豹，好像在试探，它会不会因感激之心以示友好。

就在泰山走近黑豹时，它却警惕地躲到另一边，人猿刚好与它那口水直流的血盆大口只有一步之遥。泰山在森林里继续前进，黑豹像只猎犬一样紧紧地尾随其后。

过了许久，泰山还是不确定它是出于友好还是恰好饿了，想伺机围捕他。最后，他终于确信是因为前者。

当天晚些时候，泰山闻到一股鹿的气味，他顺着气味走进树林，用套索勒住了那只鹿的脖子，然后像之前为了打消黑豹的顾虑时一样，发出呜呜声，呼唤希塔，只是现在的声音要更大些，更尖锐些。他也在黑豹与同伴们一起捕猎，相互呼唤时听到过类似的声音。

附近的灌木丛立刻沙沙作响，那位身形修长、四肢灵活的陌生伙伴出现在眼前。

看到巴拉的尸体，闻到血腥味，黑豹一声长啸。片刻之后，泰山和黑豹便一起狼吞虎咽地分享起鲜嫩的鹿肉。

连续几天，这对奇怪的伙伴一起游历丛林。

无论谁捕到猎物，都会叫上另一个，所以他们总能吃饱喝足。

一次，他们正在享用希塔捕到的一只野猪，狮子努玛突然猛地跳进旁边杂乱的草丛中,面目狰狞,神情可怕。

它愤怒地咆哮着,扑向泰山和希塔,想抢走他们的大餐。希塔跳到旁边的灌木丛里,而泰山则爬到悬挂的低枝上。

努玛停在野猪身旁,泰山从树枝上扔下草绳,刚好套住努玛鬃毛密布的脖子,再猛地一拉,套紧结实的绳索。他一边尖声呼叫希塔,一边使劲把挣扎的狮子往上拉,直到它仅剩后脚着地。

泰山手脚麻利地把绳子系到一根结实的树干上。看到黑豹应他的召唤,跑了过来,他也跳下树,扑向挣扎不断、狂怒不已的努玛。希塔袭击努玛时,泰山也在另一边用一把锋利的长刀刺向努玛。

黑豹在努玛的右边撕扯着,人猿在它的左边用石刀正击要害,所以还没等这位"森林之王"挣脱绳索,就已经挂在绳子上一命呜呼,连绳子都没弄脏。

接着,丛林上空回荡起巨猿和黑豹,两只野兽齐声的胜利嗥叫,而后混为一声吓人、阴森的尖叫。

在这声可怕的长啸渐渐平息之时,二十来个涂得五颜六色的勇士,拖着长长的战艇上了岸。他们停下脚步,盯着丛林深处声音的来源,侧耳倾听这回荡的声音。

## Chapter 5

## 穆戈姆拜

泰山转遍了整条海岸线,又从四面八方探了岛上的路。他确定,这座岛上除了自己,不存在别的人类。

他到处找遍了也没发现人类生活的蛛丝马迹,甚至连临时逗留的痕迹也没有。不过,他知道,这里的热带植被生长迅猛,除非有人在此长期居住,否则短暂逗留的痕迹很快会被掩盖。当然也可能是自己推断失误。

杀了努玛的第二天,泰山和希塔偶遇了阿库特部落。一看见黑豹,猿猴们吓得拔腿就跑,还好泰山把它们又叫了回来。

泰山转念一想,试着化解双方的世仇倒也挺有趣。现在,任何能分散时间和精力的事,他都求之不得,省得闲下来的时候,满脑子胡思乱想,忧心忡忡。

虽然类人猿的词汇有限,交流起来有些费劲,不过倒也还能沟通。可是,要想让智力低下、本性难改的希塔明白自己应该和类人猿们友好相处，而不是相互残杀，人猿几乎没辙了。

泰山的武器装备里还有一根粗壮的长棍，他用绳子拴住黑豹的脖子，用棍子敲打这只咆哮不止的野兽，想用这种方式让它明白，绝不能再袭击那些类人猿。类人猿们明白泰山的用意后，大胆地凑上前观察。

神奇的是，黑豹并未因此反击泰山。可能是因为有两次它朝人猿咆哮时，人猿对准它敏感的鼻子敲了两下。这让黑豹产生条件反射，立刻对棍棒和泰山充满了恐惧。

黑豹对泰山的依恋和追随究竟出于何种原因，令人不得而知。不过可以肯定的是，潜意识里的条件反射和过去几天对泰山的忠心追随形成了一种感召力，使得此时的黑豹心甘情愿地任泰山摆布，否则早就奋起反抗了。

同样，人类思想也具有这种影响巨大的感召力，这种力量能让低等的野兽们听命于泰山。而且事实表明，泰山在统治希塔和丛林中其他野兽时，就经常借助这股力量，屡试不爽。

尽管历经波折，人猿、黑豹和类人猿们在接下来几天里依然结伴而行。他们游历丛林，一起捕猎，共享食物。这群野兽凶猛无比，残暴成性，可谁也没有这个皮肤光滑、威猛无比的家伙可怕。而他几个月前还是伦敦会客厅里的"贵客"。

偶尔，野兽们也会有一个小时或一天的自由活动时间。有一次，泰山趁着这工夫在树顶上游来荡去，一直荡到阳光普照、绵延不断的沙滩上。不远处的海角上，一双敏锐的眼睛正巧发现了他。

那人惊愕不已地盯着这个野蛮的白人，看着他尽情地沉浸于热带灼人的日光浴中。接着，这个陌生人转过头对身后的人打了个手势。不一会儿，又露出几双眼睛，纷纷朝下面望着泰山，然后一个接一个，直到整整二十来个可怕的野蛮勇士都爬上去，盯着那个白皮肤的陌生人。

由于恰好处在泰山的下风向,所以泰山没闻见他们的气味,而且他几乎背对着他们躺着,自然也没有看到他们正小心翼翼地穿过草丛,朝他躺着的沙滩走来。

他们个个身材魁梧,戴着野蛮的头饰,脸上涂着奇异的图案,佩戴着的金属饰品和色彩华丽的羽毛使其看起来更加狂野、凶残。

爬下海角后,他们猫着腰,蹑手蹑脚,悄悄地走到毫无察觉的白人身边,用宽厚有力的手掌握住笨重的粗棍朝泰山挥舞着,以示威胁。

泰山还在想着那些烦心事,痛苦的思绪让他几近麻木。所以,等他意识到沙滩上还有其他人时,那群野蛮人几乎要扑到他身上了。

尽管如此,一听到身后有动静,他就习惯性地立马回过神来,严阵以待。等他站起身,那群野蛮人已经举着棍棒,发出粗犷的嚎叫声,朝他扑了过来。不过,人猿结实的长棍用力一挥,最前面的那个家伙就一命呜呼了。人猿四肢灵活,健壮有力,眼看已被对方团团围住,他巧妙地左冲右撞,把那群黑人搞得晕头转向,惶恐不已。

不一会儿,黑人便所剩无几,聚在一起商量计谋。一旁的人猿,双臂交叉于胸前,英俊的脸上泛过一丝微笑,不屑地看着他们。很快,黑人们再次发起攻击,这次他们挥起了重重的战矛,背对丛林,呈半圆形围住泰山,步步紧逼。

要是所有矛头一致掷向人猿,他恐怕就在劫难逃了,可眼下还有唯一一条逃生之路——跳进身后的大海。

此时的他身陷绝境,忽然脑中想到一个主意,不由咧嘴一笑。勇士们还在向他步步逼近,按照部落的习惯,他们开始野蛮地嘶吼,

穆戈姆拜 | 039

发出喧嚣，还赤着脚蹦来蹦去，跳着战舞。

紧接着，人猿提起嗓子发出一连串野性、诡异的叫声。黑人们困惑不已，立马停了下来。他们面面相觑，一脸茫然，因为人猿的叫声如此可怕，居然盖过了他们的喧闹声。他们确信，人类的嗓子发不出这么兽性的声音，可自己居然亲眼见到这么可怕的声音从这个白人口中发出来。

迟疑片刻后，其中一个人带头，大家又开始跳起战舞，向猎物步步逼近。就在这时，身后的丛林里突然传来一阵"噼里啪啦"，树枝断裂的声音。他们再次被打断，转头一看，出现在眼前的可怕场景足以吓倒比他们更英勇的人，更不用说这群瓦戈姆比部落的黑人了。

一只硕大的黑豹，目光灼灼，龇牙咧嘴地从茂密的丛林中跳了出来。二十来只体形庞大、毛发浓密的类人猿快速地迈着弓形的短腿，摆着及地的长臂，紧随其后。他们东倒西歪，蹒跚前行，用粗硬的关节支撑着笨重的身体。

泰山的猿朋豹友应他的召唤，纷纷赶来助阵。

还没等瓦戈姆比部落回过神来，这群可怕的野兽就从侧面向他们冲了过来，泰山也从另一边发起攻击。黑人们挥舞着长矛和粗棍，虽然打倒了不少类人猿，可乌加姆比的人也有死伤。

希塔张开尖牙利爪直扑向黑人，阿库特龇着发黄的獠牙，扎进一个又一个皮肤光滑的野蛮人动脉之中，人猿泰山则窜来窜去，给战友们加油鼓气，再瞅准时机，用那把细长的尖刀给敌人们致命一击。

过了一会儿，黑人们落荒而逃。从杂草丛生的海角上爬下来的二十个人，现在仅有一人存活。

这个人就是穆戈姆拜，乌加姆比河岸瓦戈姆比部落的首领。

他渐渐消失在枝繁叶茂、郁郁葱葱的海角高处,此刻,只有人猿注意到他逃走的方向。

同伴们狼吞虎咽地享用着战利品,人猿泰山因为不吃人肉,便独自前去追捕伤口还在流血的唯一幸存者。翻过海角,他发现了那个逃跑的身影正拼命地往前跑,原来波涛汹涌的海浪把他们停泊的战艇拍打到了海岸。

人猿如影子一般,悄无声息地尾随着那惊慌失措的黑人。白人看到那艘战舰后,心中又想到了一个新计划。如果这个人是从其他岛或大陆上过来的,那何不借此机会去他那儿看一看呢?那里显然有人类居住,就算不在非洲大陆,也一定和大陆有所往来。

突然,一只大手重重地落在肩上,穆戈姆拜这才意识到原来自己一直被追踪着。就在他转身准备应战的时候,手腕已被人猿牢牢攥紧。结果还没等他出拳,人猿已经抢先一步跨到他身上。

泰山试着用西海岸的语言问俯卧在身下的人。

"你是谁?"他问。

"穆戈姆拜,瓦戈姆比部落的首领。"黑人回答。

"我可以饶你一命,"泰山说,"但你必须保证帮助我离开这座岛,怎么样?"

"我可以帮你,"穆戈姆拜回答,"可你把我的战士们都杀了,我自己能不能回去都是个问题,没有人划桨我们是不可能渡过大海的。"

泰山起开身,让他的俘虏站起来。这个家伙身形健壮,算是成年男子的标致模子,和眼前这位长相英俊、身材匀称的白人不相上下。

"过来!"人猿说完,便朝着传来野兽嗥叫的方向走去,那是正在享用大餐的野兽们发出的声音,穆戈姆拜连忙往后退缩。

"它们会杀了我们的。"他说。

"绝对不会，"泰山回答，"它们都是我的手下。"

黑人依旧犹豫不前，那群可怕的怪物正吞食着自己士兵们的尸体，他担心走近它们会酿成无法想象的后果。可泰山还是逼他同行。不久，两人便走近丛林高处，那里刚好可以清楚地看到海滩上令人毛骨悚然的一幕。野兽们看到他俩之后，仰起头，发出充满威胁的低吼。泰山大步流星地从它们中间走过去，后面还拽着瑟瑟发抖的瓦戈姆比人。

就像当时教导类人猿接纳希塔一样，人猿用一样的方法，轻轻松松便让它们接受了穆戈姆拜。可希塔似乎无法理解，既然都可以吃穆戈姆拜的战士，那为什么又不可以吃穆戈姆拜，反正他们看起来也差不多。不过，它现在已经吃饱喝足，倒不如找点别的乐子。它绕着这个惊魂未定的野蛮人来来回回地兜圈子，一边用火焰般的眼神恶狠狠地盯着黑人，一边发出低沉、要挟的咆哮。

穆戈姆拜则紧紧地跟着泰山。看到这位部落首领的可怜模样，泰山几乎笑出声来。最后泰山还是用了老办法，他抓住黑豹的后颈，拽着它靠近瓦戈姆比人，一旦它朝着这个陌生人吼叫，泰山就扇它的鼻子。

看见泰山赤手空拳就把这只冷酷凶残、驰骋丛林的食人兽治得服服帖帖，穆戈姆拜双眼直瞪，不由对这个俘虏他的白人产生敬畏，甚至崇拜之情。

多亏泰山教导有方，不一会儿，希塔就不再把穆戈姆拜当作捕杀对象，黑人在泰山的保护下，也多了些安全感。

不过，穆戈姆拜在这个新环境里的生活也谈不上十分开心、逍遥自在。时不时，会有几只凶残的野兽借机靠近，他便忧虑地左顾右盼，眼珠子转来转去，以至于大多数时候都以眼白示人。

泰山、穆戈姆拜,和希塔、阿库特会一起在浅滩捕猎。泰山一声令下,大家一齐扑向受惊的雄鹿。黑人确信,还没等谁碰着它,那只可怜的鹿就已经吓死了。

穆戈姆拜生上火,把他的那份肉烤熟,可泰山、希塔和阿库特都是直接用尖牙撕扯生肉,要是谁抢了别人的那份,还会相互咆哮几声。

不过,对此也不必大惊小怪。白人的生活习惯本就和野兽们类似,倒是黑人比较格格不入。世间万物,一旦没有条件保持后天习得的生活习惯,就会自然而然地回归根深蒂固的旧习惯。

穆戈姆拜从小就没吃过生肉,而泰山却在长大成人之后才尝过熟肉,也就是最近三四年才开始吃。他爱吃生肉,不仅仅是伴其一生的习惯使然,味觉器官也会激发他对生肉的食欲。对他来说,热乎的生肉,味美汁肥,要是煮熟就糟蹋了。

泰山不仅津津有味地享用埋了几个星期的生肉,而且沉浸其中,乐此不疲。对我们这些"文明人"来说,生吃小型啮齿动物和恶心的蛆虫是令人作呕、无法接受的事,可他却无比享受。不过,要是我们从小就吃这些东西长大,而且身边的人都吃,那也不会觉得它们比讲究的饭菜要恶心了。同样,那些非洲食人族可能对我们现在吃的饭菜也是一脸嫌弃,嗤之以鼻。

鲁道夫湖有一个部落就不吃牛羊肉,可邻边的部落却吃。附近还有一个部落吃驴肉,而其他不吃驴肉的部落却难以接受。所以,谁说蜗牛、蛙腿、牡蛎可以吃,蛆虫、甲虫就不可以吃?谁说生蚝或雄鹿的蹄子、角、尾巴就不比鲜嫩、干净的生鹿肉恶心呢?

接下来几天,泰山忙活着织一块树皮帆布,好挂在划艇上。他对教会类人猿划桨已经完全丧失了信心。虽然他也挑了几只猿登上那艘并不结实的小艇,试图教它们划桨,还和穆戈姆拜找了个风平浪静的海域,亲自示范,然而收效甚微。

每次泰山把船桨塞到类人猿手里,它们也会试着模仿泰山和穆戈姆拜的动作,可问题在于它们根本没法集中精力。泰山觉得,要想让它们上道儿,至少还得训练几个星期,而且它们也不见得乐意。

不过,它们当中倒有个例外,那就是阿库特。它好像从一开始就对这项新运动怀有浓厚的兴趣,这也显示出它的智力确实要超过部落其他猿猴。在泰山绞尽脑汁地用类人猿贫乏的词汇解释时,它似乎已领略到船桨的奥妙。

泰山从穆戈姆拜口中得知,大陆离这座岛并没有多远。瓦戈姆比部落的勇士们在路上遇到狂风巨浪,结果被刮得太远,见不着陆地了。他们划了一整晚,以为是返回的方向,看到这片陆地上有太阳升起,就以为回到了大陆,还高兴地欢呼起来。要不是泰山告诉他真实情况,穆戈姆拜压根不知道这儿只是一座岛。

瓦戈姆比部落首领对泰山计划的航行满心怀疑,因为他从没见过这种航行装备。他的部落位于宽阔的乌加姆比河上游,他和部落的人也是首次发现,原来一直顺着河流可以航行到大海。

而泰山却对自己的计划充满信心,只要有西风相助,自己一定能划着这艘小艇到达大陆。不管怎么说,就算在途中不幸遇难,也比遥遥无期地待在这座荒岛上等死的好。

就这样,第一场西风刮起的时候,泰山如愿以偿地开始了航行,船上还带了一帮面目狰狞、荒唐可笑的船员。

其中包括穆戈姆拜、阿库特、黑豹希塔,和十几只阿库特部落的类人猿。

## Chapter 6

## 恐怖船员

    战艇载着一船野蛮的乘客，缓缓划过暗礁，这里是驶入大海的必经之路。泰山、穆戈姆拜和阿库特划着桨，海岸刚好挡住西风，所以还用不着那张小小的船帆。

    希塔蜷伏在人猿脚边，守在船首，这样也可尽量远离其他成员，免得稍不留神就生吞了其他人。当然，这头野兽绝不会袭击这位白人，因为它现在显然已经认泰山为主了。

    穆戈姆拜守在船尾，阿库特蹲在他前面，阿库特和泰山中间坐着十二只毛猿，疑惑地眨巴着眼睛，东看看，西望望，还时不时回头用渴望的眼神瞅着渐行渐远的海滨。

    就这样，风平浪静，一路顺利。直到小船驶出暗礁后，才有微风阵阵吹打起船帆，这艘粗糙的手工船缓缓离岸，穿行在风口浪尖。

    小船颠簸不断，猿猴们开始惊慌失措。先是坐立不安，接着又嘟嘟囔囔，发起牢骚。阿库特好不容易控制住它们的情绪，又一场风暴袭来，一阵阵巨浪拍打着小船。阿库特和泰山还没来得及安抚，猿群又吓得四处乱蹦，上蹿下跳，差点弄翻小船。直到海面终于回归平静，猿猴们也逐渐适应小船的震荡之后，才不再有那样的过度反应。

一路上还算顺风顺水，连续航行了十个小时之后，海岸若隐若现地展现在泰山眼前。可天色已晚，他们难以辨别是否快要到达乌加姆比河口，于是泰山乘风波浪，把船划到最靠岸的地方，等待天明。

船头一触岸，小船就立马转向舷侧，翻了个底儿朝天，船员们拼命地爬向海岸。碎浪一个接一个翻滚而来，不过他们最后还是成功地爬上了岸。不一会儿，那艘粗糙的小船也被海水冲刷到了岸边。

后半夜，猿猴们挤作一团相互取暖，穆戈姆拜在旁边生了堆火，蜷缩着身子。泰山和希塔却有自己的打算。因为都不惧怕丛林的黑夜，只渴望能填饱饥肠辘辘的肚子，他俩便踏入一片漆黑、阴森幽暗的丛林，搜寻猎物。

地方够大的时候，他们就齐头并进，地方小的时候，就一前一后。泰山最先闻到肉味儿——是头野牛。他俩立马悄悄地循着气味走去，只见一头野牛在河边茂密的芦苇丛里睡得正香。

他们蹑手蹑脚，一步步靠近那只毫无防备的野兽，希塔守在右边，泰山守在左边，紧挨着野牛的心脏。如今，他俩已经一起捕猎过很多次，只需发出低沉的呜呜声，便是进攻的暗号。

他们趴在猎物身旁，沉默了片刻之后，只听人猿发出一声暗号，希塔"嗖"地跳上野牛的后背，用尖牙利齿扎进公牛的脖子。野牛痛苦又气愤地怒吼一声，立马跳起来，就在这时，泰山紧握石

恐怖船员 | 047

刀从左边冲出去，对准它的后背猛戳了几刀。

人猿一只手紧紧地抓着它厚重的鬃毛，野牛发疯似的想钻进芦苇丛，可却被那只想置它于死地的手死死擒住，挣脱不得。而希塔则骑在背上，死死咬住它的脖子，牙齿越扎越深，企图咬断脊柱。

怒吼的公牛在两位野蛮对手的攻势之下，拖着对方不停挣扎到几百码开外，直到最后刀锋刺中心脏，公牛发出最后一声惨叫，一头栽倒在地。接着，泰山和希塔便狼吞虎咽地饱餐了一顿。

享用完大餐之后，他俩找了处灌木丛，蜷缩在一起，泰山的头枕着黑豹黄褐色的肚皮。

天亮后不久，他们便醒了，又饱餐了一顿后才回海滩，领其它成员来分肉。

成员们屁颠屁颠儿地跟着泰山过去狼吞虎咽地分了肉，吃完，又蜷作一团呼呼大睡。泰山和穆戈姆拜一起动身寻找乌加姆比河。走了还不到一百码，便看见下游有一条宽阔的溪流，黑人一眼认出，自己和战士们就是顺着这条小溪划入大海，开始了不幸的探险。

两人沿着小溪顺流而下，只见溪水注入海湾，离前一天晚上停船的地方还不到一英里。

泰山见状欣喜不已，因为他知道，在宽阔的河道附近应该能找到一些土著居民。而且很可能从他们那儿就能打听到茹科夫和孩子的消息。他深信，这个俄国佬把自己丢到荒岛后，一定会想方设法尽快处理掉孩子。

他和穆戈姆拜当即直接划起小船，虽然巨浪滚滚，要想划动小船十分艰难，不过最后还是成功了，不一会儿，便顺着海岸划向乌加姆比的河口。在这儿，他们却遇上了大麻烦，一边是湍急的溪流，一边是落潮的巨浪，想驶入海湾着实不易。不过利用落潮时海水的力量,他们在黄昏时分终于上了岸,对岸便是那些酣然入睡的成员们。

他俩把船拴在一根悬伸的大树枝上,走进丛林。不一会儿,在杀死野牛的芦苇丛外,遇到了几只正吃着野果的猿猴。可却没见着希塔,直到晚上也没回来,泰山觉着它应该是去找自己的同类了。

第二天一大早,泰山领着自己的队伍顺流而下,一边走一边嗥叫着。不久,远处隐隐约约传来一声回应的尖叫,半小时后,希塔矫健的身影便映入眼帘,其他成员们也正小心翼翼地爬上小船。

希塔弓着背,像只满足的大斑猫,"呜呜"地喘息着,侧着身子蹭着人猿,后者一声令下,它立马轻身一跃,跳到老地方——船首,乖乖待好。

所有成员各就各位之后,大家才发现两个阿库特部落的成员不见了,阿库特和泰山呼喊了近一个小时,也没有回应,最终小船还是弃它们而行了。

那两只失踪的猿猴恰好是当初最不情愿同行,在航行中又最胆小怕事的,泰山确信,它们是故意藏起来,压根儿就不愿意再上船。

午后,这一行人把船停在海边,准备去觅食。这时,河畔上碧绿掩映的丛林里一个瘦骨嶙峋、赤身裸体的野人看到了泰山他们,他观察了一会儿之后,趁着船上没人察觉,朝下游溜走了。

他对自己的发现兴奋不已,像头鹿一样,蹦蹦跳跳地飞奔在狭窄的小道上,一路冲进一个土著部落的村庄,那儿距离泰山和同伴们停船捕猎的地方只有几英里。

"又来了一个白人!"他朝着蹲在圆顶屋门口的酋长喊道。"又

恐怖船员 | **049**

来了个白人,还带了许多战士。像刚离开的黑胡子一样,他们乘着一艘巨大的战艇过来烧杀抢掠了。"

卡维瑞一下子跳起身。这几天,他已经尝尽了白人的凶残狠毒,此刻心中充满痛苦和仇恨。片刻之后,部落中响起擂擂的战鼓声,号召着丛林中的猎人和田地里的农夫。

涂着彩漆、插着羽毛的勇士们划着七艘战艇整装而发。粗糙的战舰上竖立着几根长矛,勇士们黝黑的皮肤闪闪发光,发达的肌肉奋力划桨,就这样,他们悄无声息地划到了河中央。

此刻既没有战鼓的轰鸣声,也没有土著号角的嘟嘟声,因为卡维瑞是个狡猾的战士,只要是能尽力避免的,他就不会去冒险。他会率领七艘战舰悄悄地突袭白人,尽力在后者开枪伤害自己的人之前,以数量取胜。

卡维瑞的战船领先其他船一小段距离,在沿着弧形河岸急转弯时,一阵激流汹涌而过,卡维瑞突然发现自己搜寻的东西正顺流而来。

两艘船离得如此之近,他刚好看清了船首的白人。眼看着两船就要撞上,手下的人纷纷跳起来,疯狂地嚎叫着,同时挥起长矛刺向对手。

过了片刻,卡维瑞才意识到白人的船上都坐着些什么成员。早知如此,他就献上所有的玻璃粉和铁丝,在部落里老老实实待着了。还没等两艘船碰面,阿库特部落里可怕的猿猴就跳了起来,咆哮着、嚎叫着,毛茸茸的手臂伸得老长,纷纷去夺卡维瑞战士手中的战矛。

黑人们吓得魂飞魄散,可别无选择,只能背水一战。现在其他战舰也顺流疾驰而下,船上的战士们迫切地想要加入战斗,因为他们以为面对的敌人是白人和土著苦力。

他们团团围住泰山的小船，可看清敌人的真面目之后，除了其中一艘，所有船都掉过头落荒而逃。没逃走的这艘船上的船员们意识到同伴是在跟魔鬼们战斗，而不是人类时，已经离人猿的船太近，来不及逃走了。两船靠近之时，泰山对希塔和阿库特低语了几句，进攻的黑人战士还没来得及撤退，伴着一声令人闻风丧胆的尖叫，一只壮硕的黑豹扑到他们身上，另一边，一只巨猿也爬上了船。

一端黑豹露出尖牙利爪，大肆破坏；另一端，阿库特龇着发黄的獠牙，死死地咬住敌人的脖子，一边冲向船中间，一边把吓得失魂落魄的黑人扔下船。

卡维瑞忙着对付冲到自己船上的恶魔，根本没空给其他手下帮忙。那个身材魁梧的白人恶魔用力一拧，夺过前者手中的长矛，威猛的卡维瑞在白人面前仿佛是个新生的婴儿。长毛怪兽们正撕咬着战士们，一个像他一样的黑人酋长也和那帮可怕的野兽一起并肩作战，打击自己。

卡维瑞依旧英勇抗敌，即便难逃一死，抵抗到底至少死有所值。不过，没过多久，他就发现，与这个健壮无比、身手敏捷的"超人"相抗衡，就算使出浑身解数也是白费力气。最终，泰山还是扼住他的喉咙，把他摁倒在船底。

脑袋一阵晕眩，眼前天旋地转，卡维瑞挣扎着喘息求生，却感到胸口一阵剧痛，眼前一片漆黑，接着便丧失了意识。

再次睁开双眼时，他出乎意料地发现自己居然没有死，而是安全地躺在自己的小船上，一只壮硕的黑豹坐在船中间，不屑地看着他。

卡维瑞战战兢兢，又闭上了双眼，只等着这只凶残的野兽扑过来，干脆利落地了断自己，免得经受恐惧的折磨。

过了一会儿,他发觉野兽并没有咬住自己瑟瑟发抖的身体,这才壮着胆子慢慢睁开眼。那个打败他的白人正跪在黑豹旁边划着桨。

卡维瑞发现白人身后的几个人好像是自己的战士,也在帮他划桨。战士们身后还蹲着几只毛猿。

泰山见这位酋长恢复了意识,随即说道:"听你的战士们说,你是酋长,叫卡维瑞。"

"是。"黑人答。

"你为什么要袭击我?我是来和你们和平相处的。"

"三个月前,有个白人也是来和我们'和平相处',"卡维瑞答,"可我们送了他山羊、木薯和牛奶后,他却开枪杀了我们很多人,离开的时候还抢走了我们所有的山羊,抓了很多壮丁和妇女。"

"我和那个白人不一样,"泰山说,"你要是不攻击我,我是不会伤害你的。告诉我,那个坏蛋长什么样子?我正在寻找一个陷害我的白人,可能就是你说的这个家伙。"

"他长得一脸凶相,留着浓黑的络腮胡,看起来非常非常坏,对,真的非常坏。"

"他是不是还带着一个白人小孩儿?"泰山问罢,屏住呼吸等着黑人回答。

"没有,先生,"卡维瑞回答,"那个白人小孩不是跟他一路,而是跟另一帮人在一起。"

"另一帮人!"泰山惊叫起来,"哪帮人?"

"就是那个恶棍当时追捕的一帮人。一个白人、一个妇女、一个小孩,还有六个莫苏拉守门人。他们在那个恶人到达前三天穿过了河流,我估摸着他们已经甩掉恶人跑远了。"

一个白人、一个妇女,还有小孩!泰山困惑不已。孩子一定是他的小杰克,可那个妇女和男人又是谁呢?会不会是茹科夫的同谋勾结了他身边的某个女人,合伙偷走了孩子?

如果是这样,他们一定会把孩子带到文明之地,要么邀功求赏,要么勒索赎金。

可既然茹科夫已经追到了内陆,又一直向上游追过去,那很可能会追上他们。除非他们被乌加姆比上游的食人族抓住杀了,不过这种可能性好像更大。泰山觉得,茹科夫本来就是想把孩子送给那群食人族抚养。

人猿和卡维瑞说话的工夫,小船已经朝着上游酋长的部落稳稳划去。卡维瑞的战士们分别在仅剩的三艘小船上划桨,心有余悸地侧目扫视着这群可怕的船员。阿库特手下三只猿猴在交战中丧生,加上阿库特还有八只巨猿,船上还有黑豹希塔,人猿泰山和黑人穆戈姆拜。

卡维瑞手下的战士这辈子从未见过如此可怕的船员。他们随时可能被其中的一两只野兽扑倒,撕成碎片。而泰山、穆戈姆拜和阿库特能做的只有防止这群咆哮不止、本性难移的野兽咬到赤身裸体、黝黑发亮的黑人,他们在划桨时会时不时地碰到对方,黑人们露出的恐惧神色更激怒了那群野兽。

泰山在卡维瑞的营地稍作停留,享用了黑人提供的食物,又和酋长商定好派十二个黑人做他的桨夫。

卡维瑞欣然答应人猿提出的所有要求,只要这些承诺能让这群可怕的野兽早些离开。可卡维瑞发现承诺容易,兑现起来却很难。因为手下的人一听说他的意图之后,都吓得撒腿就跑,逃进丛林,待他准备指派人员跟随泰山时,部落里就只剩他一个人了。

泰山哭笑不得。

"看来他们并不想与我们同行,"他说,"那你就在这儿静静地等着吧，卡维瑞，他们应该不久就会回来的。"

接着，人猿站起身，叫回自己的同伴。他命穆戈姆拜留下来和卡维瑞一起，随后便带领希塔和其他猿猴消失在丛林中。

整整半个钟头，阴森幽静的森林中不时地传来几声啼叫，显得格外寂静。卡维瑞和穆戈姆拜各自坐在围着栅栏的部落里等待着。

不一会儿，远处突然传来一声可怕的尖叫。穆戈姆拜知道是人猿在向对手叫嚣。随即，四面八方响起了不绝于耳的嘶吼，还不时地夹杂着黑豹令人毛骨悚然的嗥叫。

## Chapter 7
## 猿入"虎"口

卡维瑞和穆戈姆拜蹲坐在卡维瑞的棚屋门口面面相觑，卡维瑞神色慌张。

"这是什么声音？"他轻声问。

"是泰山先生和他的手下，"穆戈姆拜回答，"不过，我也不知道他们在做什么，可能正在吃你部落里逃跑的人吧。"

卡维瑞打了个冷战，眼珠子滴溜直转，怯生生地朝丛林张望。他在这片野蛮的丛林中生活了这么久，还从未听到过如此可怕的喧闹声。

声音越来越近，还夹杂着妇女、孩子和男人们受到惊吓的尖叫声。令人毛骨悚然的哭喊声持续了整整二十分钟，直到这声音的来源距栅栏只有一箭之遥。卡维瑞拔腿就跑，不过被穆戈姆拜一把抓住——这是泰山交给他的任务。

片刻之后，一群吓坏了的土著人从丛林中蜂拥而出，飞奔到棚屋里藏了起来。他们跑得像一群受惊的绵羊,而泰山、希塔和阿库特部落的猿猴紧随其后,追赶着"羊群"。

不一会儿,泰山就站到了卡维瑞面前,嘴角泛起熟悉的微笑。

"你的人已经回来了,老兄,"他说,"现在你可以挑几个人随我同行了吧。"

卡维瑞颤颤巍巍地站起身,召唤所有人出屋,可没有一个人听命。

"告诉他们,"泰山提议,"要是他们不出来,我就派手下赶他们出来。"

卡维瑞按泰山的吩咐照做,部落里所有人立马涌出房门,他们瞪大眼睛,眼珠子转来转去,惊恐地瞅着路上一只只来回游走的野兽。

很快,卡维瑞便派出十二名勇士与泰山同行。可怜的勇士们想到要和黑豹、巨猿在狭小的独木舟上共处,吓得面无血色。不过卡维瑞解释说他们已经无处可逃,只能硬着头皮上了。要是谁想逃走,泰山先生就会率领他的恐怖船员把人追回来。最后,他们还是闷闷不乐地上了船,各就各位。

酋长望着他们一行人渐渐消失在上游不远处的海角后,才长叹一声,松了口气。

这支古怪的队伍沿着几乎无人涉足的乌加姆比河航行了整整三天,一步步深入这个野蛮国度的腹地。期间,三个黑人勇士趁机逃走,不过有几只猿猴最终掌握了划桨技巧,所以就算那几个黑人临阵脱逃,泰山也毫不慌张。

实际上,从岸上步行,可以前进得更快些,可他认为在船上更方便集中管理这帮野蛮的船员。他们每天只上两次岸,捕猎进食。到了夜晚,就睡在岸边,或零星点缀的小岛上。

土著居民一见到他们就落荒而逃，所以他们一路走来，只见到空荡荡的部落村庄。泰山很渴望能与居住在河岸边的土著居民交流，可眼下却难以实现。

最终，泰山决定独自探索陆地，让手下的人划船相随。他向穆戈姆拜表明想法后，又命令阿库特听从这个黑人的指令。

"几天后，我就回来跟你们会合，"他说，"现在我先行一步，去打听打听我找的那个坏蛋现在在哪儿。"

下一次停船的时候，泰山上了岸，转眼便消失了。

他途经的前几个村庄都荒无人烟，可见他们一行人途经此地的消息不胫而走。不过，黄昏时分，他偶然发现远处有几间棚屋，屋外围着粗糙的栅栏，屋里大约有两百来号土著人。

人猿泰山爬上了棵悬伸在栅栏上空的树干，透过枝叶的空隙，他看到女人们正忙着做晚饭。

人猿有些不知所措，不知道该如何交涉，才能既不吓到他们，又不激怒他们。他现在无心应战，因为自己有更重要的任务在身，压根儿就不想和任何部落起冲突。

后来，他灵光一现，想出个主意。他注意到下面的人刚好被枝叶挡住视线，于是模仿黑豹，发出几声嘶哑的呼噜声。所有人立即抬眼望向头顶的树叶。

天色渐渐变暗，他们根本无法透过天然的绿色屏障看到人猿。泰山一看吸引了他们的注意力，便扯着嗓子模仿更刺耳、更可怕的野兽叫声。接着，他身轻如燕地跳到栅栏外的地面上，没有碰落一片树叶，然后像头鹿一样飞快地跑到栅栏口。

他用力敲打着用树苗围成的栅栏，学着他们的口吻呼喊，说自己是朋友，希望他们能施舍点食物。野人们听到树上传来黑豹的呼噜声和尖叫声已经绷紧了神经，黑夜中泰山"砰砰"的砸门

猿入"虎"口 | 057

声更让他们惊恐万分。

没人过来应门，泰山一点儿也不意外。他知道土著人也害怕这深夜里栅栏外传来的声音，担心是些邪恶、鬼影般的不明来客。尽管如此，泰山还是继续叫门。

"让我进去吧，朋友们！"他喊道。"我是一个白人，正在追赶一个几天前经过这里的坏蛋。我要找到他，并惩罚他对你我犯下的罪行。"

"要是你们不相信我的好意，我可以向你们证明，我可以去树上把黑豹赶进丛林，免得它伤害你们。要是你们还是不让我进去，不友好地接待我，我就让黑豹留在这儿，吃了你们。"

沉寂了片刻之后，寂静的村庄里传来一位年长者的声音。

"如果你真的是白人，是朋友，我们可以放你进来，不过你要先把那只豹子赶走。"

"好的，"泰山回答，"你听好了，我马上就把黑豹赶走。"

人猿麻利地爬回树上，这次，他爬树时故意弄出很大的动静，还像黑豹一样凶恶地咆哮着，好让树下的人以为那只野兽还在。

爬到树上正对着村落的位置后，他使劲地摇晃大树，制造出很大的动静，假装大声呵斥黑豹，让它要么逃跑，要么等着被杀，还模仿野兽不时打断自己说话时怒气冲冲的尖叫声。

不一会儿，他就跑到树对面的丛林，边跑边重重地踢着树干，模仿豹子离村庄越来越远的声音。

几分钟之后，泰山回到栅栏口，呼喊屋里的土著人。

"我已经把希塔赶走了，"他说，"现在你们出来兑现诺言吧。"

只听见屋里的土著人激烈地讨论了好一阵子，后来终于出来六个勇士开了门。他们不安地探着脑袋向门外瞅，想看看门外是谁在叫门，可显然心里又很害怕。看到这个只围了块遮羞布的白人，他们还是不太放心，于是泰山心平气和地问候他们，宣誓自己的友好，他们这才把栅栏门打开了一个缝儿，让泰山进去。

关上门之后，野人们又变得底气十足。泰山经过村落的街道，向酋长的屋子走去，路上围着一群好奇的男女老少。

泰山从酋长那里得知，茹科夫一周前刚离开这儿，酋长还说他额头上长着几个角，带着上千个魔鬼。后来，酋长又说，那个坏蛋在这个部落住了一个月。

可卡维瑞说过，那个俄国佬刚从他的部落离开三天，手下的随从也远远没有这么多人，这与这位酋长的口径大相径庭。不过泰山对此却一点都不意外，因为他早就发现这位野人酋长不对劲。

他现在最关心的就是，自己走的路是对的，就该朝内陆的方向走。这样一来，茹科夫就逃不出自己的手掌心了。

经过几个小时的反复询问，泰山得知，另一帮人：一个白人男子、一个妇女和一个小男孩，带着几个莫苏拉人，比俄国佬早几天离开。

泰山向酋长解释，他的人乘船随后就来，也许第二天就到，虽然自己可能会先行离开，不过酋长要友善地接待他们，因为只要他友好相待，穆戈姆拜会管好手下的人，不让它们伤害部落里的人。

"现在，"他最后说，"我得躺在树下睡一会儿，实在太累了，请保证没人打搅我。"

酋长要给泰山安置一间草屋，可根据以往住在土著居民屋里的经验，他宁愿睡在外面，而且他还有自己的计划，睡在树下更方便执行。泰山搪塞说，万一黑豹再回来，在外面更方便赶走它，酋长听罢，欣然同意让他睡在树下。

那群野人似乎认为泰山拥有某种神奇的力量，泰山也觉得给他们留下这样的印象对自己有好处。他本可以不走正门,轻松地溜进部落,可他认为要是什么时候突然不辞而别,那帮心智不成熟的野人会对自己的印象更深刻。所以,整个村子一陷入寂静,他就爬起来,跳上头顶的树枝,悄无声息地消失在夜色笼罩的丛林中。

后面一整晚,人猿在树林的高枝或中间游来荡去。要是路好走,他更愿意穿梭在大树的高枝间,这样一来月色正好可以照亮前路。不过他生来就栖息于丛林,对这种阴森恐怖的丛林了如指掌,即便枝繁叶茂,树影婆娑,他照样可以轻松地急速行进。你我都行走在缅因街、百老汇或州街的弧光灯下,可速度却不及灵活敏捷的人猿在这黑暗迷宫中行进速度的十分之一,要是我们身处于此,只会被搞得晕头转向。

天一亮,泰山便停下来觅食,接着睡了几个钟头,起来后又接着赶路,直到晌午时分。

途中,他两次遇上土著人,虽然难以接近,泰山还是成功让他们平静下来,克服恐惧,打消宣战的念头。泰山从他们口中得知,自己正是沿着俄国佬的去向前进。

两天后,他依旧沿着乌加姆比河前行,正好经过一个大村落。部落的酋长贼眉鼠眼,长着两排大尖牙,一看就是食人族。酋长故作友好,热情地接待了泰山。

泰山此时已经筋疲力尽,决定先休息八到十个小时,好在追上茹科夫的时候恢复精力。泰山相信自己应该很快就能抓着他。

酋长告诉他,那个大胡子白人前一天早上刚离开,所以他肯定很快就能追上。酋长还说,他从未看见,也没听说过还有另一帮人。

泰山很反感这位酋长的长相和举止,虽然看似非常友好,却好像瞧不起自己这个两手空空的白人。不过，泰山现在急需食物和可供休息的地方，反正无论是人，是野兽还是魔鬼，自己都不怕，他索性蜷起身躺在棚屋旁，很快便呼呼睡去。

酋长刚送走泰山，就立马叫来两个手下，在他们耳边吩咐了几句。过了一会儿，那两个黑人喽啰沿着河边小道朝东飞奔，逆流而上。

酋长命整个村子保持安静，不准任何人靠近那位熟睡的来客，也不准村民发出任何声音。显然，他生怕把这位客人吵醒。

三小时后，几只独木舟从乌加姆比河上游悄悄划入视线。肌肉健壮的黑人船员正卖力地划着桨。酋长站在河岸上，手上拿着一根长矛，水平举在头上，好像是跟船上的人事先约定的暗号。

实际上，酋长确实是在发暗号，他想表达：村子里的那个陌生白人还在睡着。

酋长三小时前派出的两个手下分别站在两艘船的船首。显然，是那两个人去通风报信，带这伙人回来的。而河岸上酋长的暗号是他们在离开村子前就商定好的。

不一会儿，几只独木舟缓缓靠岸。土著勇士先后跳下船，六个白人也陆续上岸。几个白人相貌丑陋，拉长了脸，其中那个命令他们的大胡子长相最凶。

"报信人说你这儿有个白人，他人呢？"大胡子问酋长。

"先生，您请这边走，"酋长回答，"我让村里的人都小心谨慎，等您到了，他应该还在睡呢。我不知道他要找您麻烦，不过他不断向我打听您的下落，他长得就像您之前描述的那个人一样，可您当时还以为他在丛林岛老实待着呢。"

"要不是您跟我说过这件事，我也认不出他来，那样的话，他很可能会追上您，把您杀了。如果不是敌人，那先生您来这一趟也无妨；如果就是那个敌人，我希望您能赏我一把枪和一些弹药。"

"你干得很好，"白人回答，"不管他是敌是友，我都会赏你枪支弹药，只要你站在我这边。"

"我当然会站在您这边，先生，"酋长说，"您快跟我来，看看那个陌生人，他就睡在村子里。"

他一边说一边转身领着茹科夫朝棚屋走去，而此时的泰山还在呼呼大睡，丝毫没有察觉。

另外几个白人和二十来个黑人勇士紧随其后，酋长和茹科夫伸出食指，示意大家保持安静。

他们蹑手蹑脚，小心谨慎地走到墙角，白人一看到还在睡梦中的人猿，嘴角立刻扬起一丝奸笑。

酋长好奇地打量着大胡子。后者点了点头，示意酋长没猜错。接着，白人对着身后的手下，指了指那个还在熟睡的人，比了比手势，让他们把泰山绑起来。

过了片刻，二十来个野人向泰山扑了过去，泰山大吃一惊，还没来得及挣扎，野人就手脚麻利地把他死死捆住。

接着，泰山背朝地摔在了地上，他看向站在身旁的这群人，这才发现尼古拉斯·茹科夫那张丑恶的嘴脸。

俄国佬冷笑了一声，一步一步地走近泰山。

"蠢猪！"他大喊一声，"你难道还没长点记性，学着离尼古拉斯·茹科夫远一点吗？"

他对着那个躺倒在地的人，朝他脸上就是一脚。

"这是表示对你的欢迎。"他说。

"今天晚上，趁着我阿比西尼亚的朋友还没把你吃掉，我就告诉你，我对你的妻儿到底做了什么，又有什么样的命运等待着他们。"

# Chapter 8

## 死亡之舞

　　枝繁叶茂，盘根错节的丛林里一片漆黑，一个灵活矫健的身影迈着轻盈的脚步蜿蜒前行。它那双炯炯有神的双眼不时闪烁着黄绿色的光辉，月光刺入风中沙沙作响的屋顶，与那光辉交相呼应。

　　这只野兽时不时地停下脚步，伸长鼻子，四处嗅探。枝头掠过的飞禽，偶尔会分散它的注意力，耽搁东去的行程。它嗅觉灵敏，通过细微的足迹，辨别出很多四足野兽途径此地，闻得它垂涎三尺，口水直流。

　　野兽饥肠辘辘，一不留神可能就会飞扑向谁，咬断其喉咙，饱餐一顿。可奇怪的是，它居然忍住饥饿，埋着头只顾向前。

　　整整一晚它独自行进，第二天也只停下捕了一次猎。撕碎猎物后，它闷闷不乐地吃抹干净，嘴上还嘟嘟嚷嚷，好像已经被饿得半死。

　　到了那个栅栏围住的大部落，已近黄昏。它像一个身手敏捷、寂静无声的死神，绕着村寨兜圈子。它用鼻子嗅着地面，最后停在栅栏边，紧挨着几间棚屋的后墙，在这儿又嗅了一会儿，然后侧着头，竖起耳朵听。

这只野兽听到的声音，靠人类的耳朵是绝对听不见的，可靠着灵敏的听觉器官，显然有什么声音响起了。一听到动静，它立刻静止，刚才还像铜像般闪闪发光的活物瞬间就一动不动了。

一转眼，它又像弹簧一样"嗖"地一声跳到栅栏上，如猫一般，无声地走向栅栏和草棚间的空地，消失在黑夜之中。

村子里马上要举办盛宴，远远就望见女人们生起篝火，端出盛满水的煮锅。环绕的篝火中间系着一根木桩，几个黑人武士正站在边上聊天，身上涂着五颜六色的奇怪图案。眼睛、嘴唇、胸部和肚子上画着彩色的大圈，头上糊着泥制的饰品，后面插着鲜艳的羽毛，还竖着几根又长又直的铁丝。

整个村子都在热火朝天地准备即将开始的狂欢，屋外到处是一片热闹的景象。而屋里，被五花大绑的"犯人"正躺在地上等待着死亡的到来，很快他就会成为那群野兽的盘中餐。想不到竟会这样死去！

人猿泰山收紧肌肉，拼命地拉扯身上的绳索。可在俄国佬的教唆之下，绳子反复系紧了好几次，就算他力气再大，也挣脱不了。

只有死路一条了！

泰山早已历经磨难，看淡生死。就算知道死神今晚就要降临，他还是会一笑而过。只是事到如今，他想的并不是自己，而是他深爱的人，那些因他的离去而饱受折磨的人。

简永远也不会知道事情的真相。真是谢天谢地，还好她并不知情，还好她还安全地待在城里，还有善良友爱的朋友陪在身边，他们一定会想尽办法让她走出痛苦。

可他的儿子!

泰山一想到儿子,就心如刀绞。他可怜的儿子!无所不能的丛林之王——人猿泰山本是将儿子救出水深火热的最佳人选。可现在,他却像个愚蠢的哑巴一样被困在这里。再过几个时辰,他就要死了,这样一来,救出孩子的最后一丝希望也破灭了。

茹科夫下午进来好几趟,对泰山肆意谩骂,拳打脚踢,可泰山一声不吭。

最后,茹科夫决定放弃对他肉体的折磨,把最痛苦的精神折磨留到最后。俄国佬准备在土著黑人用长矛了断泰山之前,把泰山妻子的下落一五一十地告诉他。

整个村寨夜幕笼罩,人猿清楚地听见外面准备酷刑、大办盛宴的声音。他脑中闪现出死亡之舞的画面,以前已经看过很多次。不同的是,这次是自己被绑在柱子上。

黑人战士会把他团团围住,残忍地把他撕成碎片,一步步地折磨致死。不过他一点也不怕,这些折磨并不会让自己丧失意识。他早已习惯这些痛苦、流血和牺牲,可求生的渴望在心中却没有丝毫泯灭。只要还有一息尚存,他就永远不会放弃生的希望。现在,就等那些黑人放松警惕了。他知道,靠自己的机灵和健壮,到时候一定能想办法逃走——逃走并报仇。

他躺在地上,绞尽脑汁地想法子自救。这时,他突然嗅到一丝熟悉的气味,全身的器官立马警觉起来。不一会儿,他灵敏的耳朵便听到屋后有动静。他动了动嘴唇,远处站在墙边的人肯定听不出有什么声音,不过他知道,屋后的那个家伙听得到。显然,他早就知道屋后的来者是谁,就像我们大白天在路上用眼睛认出老朋友一样,他用鼻子也认出了来者的气味,正是旧相识。

过了片刻,他又听到一只巨兽轻轻的脚步声,用爪子蹭墙皮、

死亡之舞 | 065

扒拉墙柱子的声音，没多会儿，就掏出个窟窿。猛兽偷偷爬进来，用冰凉的鼻子蹭着泰山的脖子。

原来是黑豹希塔！

豹子绕着躺在地下的泰山，嗅来嗅去，轻声哀鸣着。毕竟双方无法正常交流，所以泰山也不确定希塔是否完全明白他所说的话。人猿被五花大绑，希塔也无能为力。不过泰山不知道，黑豹见到此情此景是否能察觉出它的主人正陷于危难。

希塔为什么要来？既然来了，就很可能是想救他出去。可当泰山试图让希塔咬断绳子时，它又领会不了他的意思，只是轻轻地舔着他的手腕和胳膊。

不一会儿，有人朝棚屋走过来，打断了他们。希塔低吼了一声，便溜进远处漆黑的角落。显然，来的人并没听到那声低吼。

这个身材魁梧、赤身裸体的黑人武士径直走到泰山旁边，扬起一根长矛刺了他一下。人猿发出一声奇怪、可怕的叫声，披着皮毛的"死神"立马从角落里跳了出来，直接扑到那个涂得花里胡哨的野人身上，锋利的爪子抓住他黝黑的皮肤，尖锐的黄牙扎进黑黢黢的脖子。

黑人吓得发出一声尖叫，和黑豹恐怖的挑衅声混在一起。而后，便是一片沉寂。只听见黑豹用魔爪撕扯着黑人的皮肉，"嘎吱嘎吱"地嚼着黑人的骨头。

听到屋里的动静，门外的村民静了下来。过了片刻，又是一片嘈杂的说话声。

随后又传来恐怖的尖叫声，酋长低沉的说话声。泰山和黑豹听到众人的脚步声越来越近，意外的是，豹子居然从黑人尸体上跳了下来，又悄悄地从进来的那个窟窿里溜了出去。

它从栅栏顶上经过时，人猿听到了轻轻的刮擦声。接着，又

死亡之舞 | 067

陷入一片寂静。不一会儿又有人从屋子对面走过来侦查。

泰山已经不指望希塔还会回来了。要是它打算保护自己的话，就算听到外面有人来，它也会守在自己身边。

泰山清楚，丛林里这些强壮的食肉动物们的思维方式有多奇怪——有时候在危险面前，像魔鬼一样毫无畏惧，有时候又因为一点小冲突就吓破了胆儿。泰山怀疑，可能是黑人颤颤巍巍的脚步声触碰了豹子某根紧张的神经，才吓得它夹着尾巴逃跑了。

人猿耸耸肩，管它呢？反正自己已经做好了牺牲的准备。而且，希塔能做的也只有咬死几个敌人，最后还是会被白人开枪送上西天。

要是豹子能解开绳索放了他该多好！哎呀！那结局就会完全不同。只可惜，希塔听不懂自己的话。现在它也走了，泰山真的要失去希望了。

这时，土著士兵都到了门口，惊恐地往漆黑一片的屋里瞅。其中两个人左手举着火把、右手持着战矛走在前面，不时地吓得往后直缩，可后面的人又把他们向前推。

黑豹的吼声和黑人被咬时发出的尖叫已经让这群胆小鬼吓得瑟瑟发抖，现在黑屋里的死寂比那可怕的叫声更让他们胆战心惊。

过了片刻，被强推着走在前面的一个人突然想出一条"妙计"，可以先弄清楚黑屋里到底有什么危险。他一挥手，把火把扔进屋里。在火把掉在地上熄灭前的一瞬间，整个房间被照得通亮。

还是那个白人囚犯，像上次看见时一样，被结结实实地绑着。屋子中央还有一个人，一动不动地躺着，脖子和胸膛都被撕得七零八碎，血肉模糊。

领头的那个人一见这场景，吓得魂飞魄散，简直比亲眼看到希塔还要害怕。因为他们思想迷信，又看到遭受袭击的只是同伴一人。

惊魂未定之下,实在难以弄清同伴受伤的缘由,只好将这惨状归因于邪灵。想到这儿,他们尖叫着跑出了屋子,接二连三地撞倒了身后胆战心惊的同伴。

整整一个钟头,泰山只听见村子尽头闹哄哄的喧闹声。随后,黑人们再次鼓起勇气闯进棚屋,嘴里不时地传出呐喊声,就像士兵在战场上鼓舞士气时发出的呐喊声一样。

最后,进来的是两个白人,还带着火把和枪。泰山一点儿也不意外,茹科夫并没进来。人猿敢赌上性命,世上绝对没什么力量能让这个胆小鬼来面对这屋里未知的危险。

土著人见两个白人并没有遭到袭击,也纷纷涌进屋里。看到同伴血肉模糊的尸体,一个个都吓得默不作声。白人费了半天劲也没从泰山口中问出个所以然来。无论他们问什么,泰山都摇瑶头,嘴角却挂着一丝"无所不知"的冷笑。

最后,茹科夫终于来了。

看到地上那具血流不止、面目狰狞的尸体,他吓得面无血色。

"过来!"茹科夫对酋长说。"咱们赶紧动手干掉这个恶魔,免得他趁机再对你的人下手。"

酋长下令,命人把泰山抬走,绑到火柱上。不过,过了好一会儿,他才说服几个手下动手。

最后,四个年轻的勇士七手八脚地把泰山拖出了屋。一出屋子,四人立马松了口气,好像压在心口的石头骤然放下。

二十来个黑人大声嚷嚷着,把"犯人"推搡到村街。接着,将他绑在柱子上,柱子四周围着篝火和沸腾的煮锅。

最后泰山被牢牢地绑在柱子上,得救的希望似乎已十分渺茫。而茹科夫那一星半点的勇气却又像平时一样越发膨胀,整个人趾高气扬。

他慢慢走近人猿,从一个野人手里夺过一支长矛,上去就戳向那个无助的"犯人"。伤口瞬间迸出一股鲜血,而人猿强忍着疼痛,一声不吭。

人猿脸上挂着一丝不屑的微笑,这似乎更激怒了俄国佬。他骂骂咧咧地向人猿扑过去,攥紧拳头对着他就是一顿拳打脚踢。

接着,他亮起重重的长矛准备一枪刺入泰山的心脏,可人猿泰山脸上还是挂着轻蔑的微笑。

就在茹科夫的长矛快要刺进泰山心脏的时候,酋长跳上前,一把拦住。

"住手,白人!"他大喊,"杀了他,就破坏了我们的死亡之舞,那你就得自己上去替他。"

酋长的威胁很奏效。俄国佬虽然还站在边上咒骂不止,不过也没再继续折磨那个"犯人"。茹科夫告诉泰山,自己要吃了他的心脏,并扬言他的儿子将来会经历多么可怕的磨难,还表示复仇大计也会落到简·克莱顿头上。

"你以为你的妻子还安全地待在英格兰吗,"茹科夫说。"可怜的白痴!她现在已经落到一个出身卑贱的外人手里了,而且离伦敦,离那些能保护她的朋友远着呢。我本来不打算告诉你这些,还想把有关她命运的证据带去丛林岛给你呢。"

"既然你已经死到临头,而且是无法想象的恐怖死法,就让你妻子现在的处境给你的酷刑加点'调料',你在断气前就好好尝一尝。"

黑人勇士此时已经围成圈,跳起了舞,他们的嚷嚷声刚好盖过茹科夫后面说的话。

野人们围着绑在柱子上的"犯人"跳来跳去,闪烁的火光照亮他们涂得五颜六色的身体。

泰山忽然想起一个类似的场景。当年达诺也曾陷入类似的窘境，而自己在他被刺死前最后一刻救下了他。可现在，谁来救自己呢？这个世界上没人能把他从这炼狱和死神手里救走。

想到那些魔鬼跳完舞后就会把自己生吞活剥，他处之泰然，也没感到丝毫害怕或恶心。要是普通人，早就吓得魂飞魄散，可泰山在丛林里生活，早就见惯了野兽吞食猎物的场景。

当年自己也曾和同伴血腥厮杀，还咬断一只巨猿的手臂。就是那次，他杀了凶残的塔布拉特，在克查科的部落中赢得一席之地。

跳舞的野人现在离得更近了。长矛早已刺穿人猿的皮肉，可厉害的还在后头。

应该用不了多久了。人猿只希望最后一枪快点到来，好结束他的痛苦。

接着，诡异的丛林深处突然传来一声尖叫。

跳舞的野人立马停了下来。就在沉默的功夫，被绑住的白人发出一声尖叫声表示回应，远比丛林里那只野兽的叫声更吓人、更恐怖。

黑人们犹豫了好一会儿，在茹科夫和酋长的再三催促下，才继续跳着死亡之舞，完成杀戮仪式。可就在又一支长矛要戳向泰山古铜色的皮肤时，一只黄褐色的猛兽恶狠狠地瞪着发红的双眼，从泰山之前被囚禁的屋里跳了出来。原来是黑豹希塔！它站到主人泰山身边，咆哮不止。

黑人和白人惊恐万分，呆呆地站了好一会儿，直勾勾地盯着那只龇牙咧嘴的黑豹。

只有人猿泰山看见，还有别的东西从那间漆黑的棚屋中蜂拥而出。

## Chapter 9

## "邪恶"骑士

简·克莱顿透过"金凯德号"的舱门看到了自己的丈夫泰山。只见几个人划着船把丈夫送到海边郁郁葱葱的丛林荒岛上,接着,轮船又再次起航。

一连几天,除了船上那个沉默寡言、令人反感的厨师——斯文·安德森,她一个人也没见着。简向他打听丈夫被流放的海岸叫什么名字。

"我想,风越刮越大了,"这个瑞典人回答。无论简问他什么,得到的总是这样的回应。

最后,她断定他应该只会说这一句英语。所以,之后也不再强求能打探出什么消息。但每次他来送饭,简总是笑脸相迎,再三感谢。尽管送来的饭惨不忍睹,令人作呕。

泰山被放下船后的第三天,"金凯德号"停泊在一条大河的河口处。不多久,茹科夫走进简·克莱顿所在的船舱。

"亲爱的，我们到了，"他恶心地挤眉弄眼说，"我过来放你自由了。看到你受苦，我心都软了。放心，我会尽量补偿你的。"

"你的丈夫是个畜生，这一点你最清楚不过了。当初你也看到了，他光着屁股在丛林里和野兽为伍。而我是一名绅士，不仅出身高贵，还接受过良好的教育。"

"亲爱的简，现在我这个有教养的人把爱都献给你，让你有机会和一个既有文化又有修养的人在一起。这些感受你和那臭猿猴在一起的时候肯定体会不到，只怪你当初懵懂无知，冲动地嫁给了他。我爱你，简。只要你从了我，就不用再受苦了，你的儿子也可以毫发无损地回到你身边。"

这时，斯文·安德森正好来给格雷斯托克夫人送午饭。他在门外听到动静后便停下脚步，伸着细长的脖子，歪着头，眯着那双离得很近的眼睛。耳朵也向前立了起来，把偷听的姿势表现得淋漓尽致，甚至连凌乱发黄的长胡子也狡猾地往下垂。

茹科夫说完，等着简答应他。简·克莱顿的表情先是惊讶，后是厌恶。看着茹科夫的那副嘴脸，她气得浑身发抖。

"我真不该感到意外，茹科夫，"她说，"就算你试图强迫我屈从于你，你不会真的天真地以为我——约翰·克莱顿的夫人，会接受你的条件吧！就算是为了自救，我也绝不会答应你。我知道你是个混蛋，茹科夫，可我今天才知道，原来你还是个蠢货！"

茹科夫眼睛一眯，原本苍白的脸色羞得通红。他气势汹汹地朝简逼近了一步。

"我们走着瞧，看看到最后谁才是笨蛋，"他咬牙切齿地威胁，"等我亲手毁了你，等你这个外国佬为自己的固执付出代价的时候，你就知道了。我会让你失去你珍视的一切，包括你儿子的性命，我会在你的面前处决那个小鬼，挖出他的心脏，将他碎尸万段。

到时你就知道，羞辱尼古拉斯·茹科夫意味着什么！"

简·克莱顿不耐烦地转过脸。

"你这样细致地跟我描述你的报仇之心如何沉沦又有什么用呢？"她说，"无论你来软的还是硬的，我都不会有丝毫动摇。我的孩子还小，并不知道是非对错，可我——他的母亲可以料到，要是他能活下来，长大成人之后也会不惜一切捍卫他母亲的荣誉。即使我深爱着他，也不会付出这样的代价去换回他的生命。如果我真的那么做，他至死也不会原谅我。"

茹科夫见简软硬不吃，这下彻底发怒了，一腔深情顷刻间化为满腹的怨恨。现在的他已经丧失理智，可转念一想，以简和她儿子的性命逼她就范，未免有些太过了。要是她真的抵死不从，那自己也没法把这位格雷斯托克勋爵夫人霸占为妻，带回欧洲炫耀了。

他又向简凑近一步。那张邪恶的脸气得直哆嗦，可又抑制不住内心的渴望。突然，他像头野兽般扑向了她，粗壮有力的手指掐着她的脖子，朝后面的床铺搡了过去。

就在这时，舱门"砰"一声被撞开。茹科夫惊得跳了起来，转身一看，原来是那个瑞典厨子。

厨师平时那双狡猾的眼睛看起来傻乎乎的，下颌也呆呆地垂着。只顾着把格雷斯托克夫人的饭菜放到靠边的一张小桌子上。

俄国人愤怒地瞪着他。

"你这是什么意思，"茹科夫大喊，"谁让你未经允许闯进来的？滚！"

厨师睁着水蓝色的眼睛看向茹科夫，冲着他傻笑。

"我想，风越刮越大了。"安德森说，接着又把几张碟子在那张小桌子上重新摆了一遍。

"快点滚出去,不然我就把你扔出去,你个大傻帽!"茹科夫咆哮着,咄咄逼人地朝他走去。

安德森还是站在原地一个劲儿傻笑,不过一只熊掌般的大手却悄悄地滑向油腻腻的围裙带上系着的那把细长的尖刀。

茹科夫看见这个举动,立马收回脚。他转身朝向简·克莱顿。

"我再给你点时间,明天之前给我答复,"他说,"你再好好地考虑考虑。我会把所有人都陆续打发上岸,只留下你、你儿子、保罗维奇和我。到时候没人打扰,你也会亲眼看着你的儿子死去。"

他故意用法语说出上面的话,免得厨师听出他的阴谋诡计。说完,他便匆匆离开船舱,没再多看那个坏他好事的厨师一眼。

茹科夫走了之后,斯文·安德森这才转过脸看着格雷斯托克夫人。这时他脸上原本用来掩盖心思的傻样转眼变得精明而狡猾。

"他还以为我是个傻子,"安德森说,"他才是傻子呢。我听得懂法语。"

简·克莱顿吃惊地望着他。

"这么说,他说的话你都听懂了?"

安德森咧嘴一笑。

"是的。"他说。

"你听到这里面的动静,所以才进来保护我的?"

"你对我很好,"瑞典人解释,"而他却拿我当一条恶狗。夫人,我帮你。你尽管等着,等我来帮你。这一带的海岸我来过很多次了。"

"可你怎么帮我呢,斯文,"她问,"这些人打算什么时候下手?"

"我想,"斯文·安德森又是那句,"风越刮越大了。"说罢,便转身离开了船舱。

简·克莱顿虽然不知道厨师是否能真的帮到自己,可对他的所作所为已经万分感激了。如今自己深陷敌人之手,能有这样一位朋友带来一丝慰藉,也缓解了"金凯德号"漫漫旅程中的悲惨境遇。

那天,她没再见过茹科夫,也没见着其他人,直到安德森进来给她送晚饭。她试图把安德森引到帮她逃走的话题上来,可每次得到的回答都是千篇一律,都是那句对风况的预言。他好像又回到了往常那种傻乎乎的状态。

可就在安德森端着空盘子准备慢吞吞地走出舱门时,他非常小声地嘀咕:"穿好衣服,卷好毯子,我很快就回来跟你会合。"

他本要立马溜出房间,简一把拽住了他的衣袖。

"那我的孩子呢?"她问,"我不能抛下他一个人走。"

"我说,你别担心,"安德森闷闷不乐地说,"我正想办法帮你呢,你别着急啊。"

他离开后,简一屁股跌坐在床铺上,心如乱麻。她该怎么办呢?她疑心重重,越来越怀疑这个瑞典人的意图。要是落入厨师之手,会不会比现在落在茹科夫手里更惨呢?

不,就算落在恶魔手里,也比在尼古拉斯·茹科夫手里强,跟他相比,连恶魔都是绅士。

她发了十几遍誓:自己绝不会抛下孩子,独自离开"金凯德号"。早就过了平时休息的时间,可她依旧衣冠整整,毯子也收拾整洁,用一根粗绳子系着。半夜,门板上突然响起一阵鬼鬼祟祟的摩擦声。

她飞快地穿过房间,拉开门栓,轻轻打开门,把那个蒙面的瑞典人放进屋。只见他一只胳膊抱着一捆东西,显然是他的毛毯。另一只手举起来,把脏兮兮的食指靠在嘴唇上,示意保持安静。

他悄悄地凑近简。

"抱好这个,"他说,"看到之后别发出声音。这里面裹的是你的孩子。"

这个日夜思念孩子的母亲从厨师手里一把抢过孩子，交叠着双臂，把睡梦中的婴儿拥在怀中。她喜极而泣，热泪盈眶，激动得全身发抖。

"走吧！"安德森说，"没时间再耽搁了。"

他抓起简的那捆毛毯，径直走出了舱门。接着，他领着简来到轮船侧边，给她放了一个下降的舷梯。他抱过孩子，好让她爬到下面候着的小船上。过了一会儿，他割断小船系在轮船上的绳子，静静地划起船桨，朝着黑压压的乌加姆比河上游划去。

安德森就这样向前划着，好像很熟悉这一带。半个小时后，月光穿透云层洒下，可以看见左边一条支流汇入乌加姆比河。瑞典人调转船头，向这条狭窄的支流划去。

简·克莱顿在想这个人究竟知不知道自己要往哪儿去。可她不知道的是，厨师安德森先前曾划船到过这条溪流，到了一个村庄，还在那儿和当地人交换了些补给品。此次冒险，他早就做好了精心安排。

虽然是满月，河面还是一片漆黑。狭窄的河岸上大树林立，枝叶悬伸入水面，形成一个个拱门。苔藓不时地从优雅的枝干上脱落。郁郁葱葱、不计其数的藤蔓拔地而出，攀爬到最高的枝头，又呈环状顺势而下，几乎落到平静的河水中央。

河面的平静偶尔也会被打破。哗啦哗啦的划桨声惊动一只巨鳄，溅起层层水花。一群河马大声喘着鼻息，从沙洲沉入凉爽安全的河底深处。

两侧浓密的丛林里传来野兽诡异的嚎叫：土狼疯狂的嚎叫声，黑豹的阵阵呼噜声，狮子可怕的低吼声。还有许多其他奇怪又恐怖的声音，简觉得好像不是什么夜行动物发出来的，这层神秘感使它们听起来更加可怕。

简坐在船尾,把孩子紧紧地搂在胸前。正是因为这个脆弱、无助的小家伙,她今晚比之前那些悲痛欲绝的日子要开心得多。

虽然不知道未来的命运如何,也不知道命运多久后就会夺走这一切,这一刻,她依旧很开心,而且心存感激。她紧紧地搂住孩子,尽情地享受这偷来的片刻安宁。她几乎等不到天明,想立刻再看看杰克那可爱的小脸蛋、明亮的大眼睛。

在丛林的夜幕下,她一次又一次吃力地睁大眼睛,想看看孩子可爱的五官,可每次只能看到脸蛋模糊的轮廓。她只能无奈地再次把小家伙贴近自己"怦怦"跳动的心脏。

近凌晨三点,安德森把船靠了岸。在渐暗的月光下,隐约可以见到停船的空地上聚集着一片土著棚屋,屋子四周围着荆棘栅栏。

到了村口,一个土著妇人带他们进了村。这个妇人是酋长的妻子,安德森早就给了酋长一些报酬,让他帮助自己。妇人把他们带到酋长屋里,完成了自己的工作,便离开了。安德森几人由于不睡地板,取出了随身携带的毛毯。

瑞典人用一贯粗鲁的方式解释,屋里肯定很脏,而且到处都是虫子。说罢就帮简把她的毯子铺在地上,又在不远处铺上自己的毯子,躺下睡了。

简辗转反侧,过了好一会儿才在坚硬的地面上找到个舒服的姿势。不过最后,她筋疲力尽,还是搂着怀里的孩子进入了梦乡。一觉醒来,天已大亮。

二十来个土著人好奇地簇拥着简,大部分都是男人。因为土著居民中,只有男性才会有这么强大的体格。出于本能,简·克莱顿把孩子往怀里搂得更紧了。虽然她很快也意识到,这些黑人无意伤害她或孩子。

其中一个人还给她端来一葫芦牛奶。那个葫芦看起来已经使用了很久，脏兮兮的，还有烟熏过的痕迹，葫芦口还粘着几层厚厚的奶渍。不过他们伸手相助的精神让简深深感动。她脸上又浮现出许久未见的笑容，闪烁着耀眼的光芒。当年她便是靠着这迷人的微笑而倾国倾城。

一凑近鼻孔，那恶臭味儿就让她恶心得快要吐了出来。可为了不让对方伤心，她还是接过了葫芦。

后来还是安德森过来救了场。他从简手里接过葫芦，自己先喝了几口，然后又拿出几个蓝色的玻璃珠，回赠给对方。

烈日当空，孩子正睡得香甜，简已经迫不及待地想再去看一眼那张可爱的小脸蛋。土著人在酋长的命令下纷纷退下。这时，酋长正站在简不远处，和安德森说着话。

安德森可真是个了不起的家伙！半天前，她还以为他是个无知的笨蛋。可现在，还没隔一天，她就发现他不仅会说英语、法语，居然还会说西海岸原始人的方言。

她本以为他诡计多端，心狠手辣，靠不住。可现在看来，她完全有理由相信，他跟以前彻底不一样了。她几乎不敢相信，他就这样出于骑士风度帮助了自己。他内心深处一定还隐藏着什么不可告人的意图。

简迷惑不已。看到他那双狡诈、密集的眼睛和令人厌恶的样子，她不寒而栗。因为她确信，如此肮脏的外表之下不可能藏着高尚的骑士精神。

她一边想着这些事儿，一边纠结着想看看孩子，可孩子又没醒。忽然，腿上的小家伙嘴里咕哝着，接着肚子咕咕直叫，简一听到动静立马欣喜若狂。

孩子醒了！现在终于可以好好看看这个小家伙了。

她麻利地一把掀开婴儿脸上盖的毯子。安德森此时正在一旁看着她。

只见她蹒跚着站起来，抱着孩子，隔着一臂远，目不转睛地盯着小家伙肉嘟嘟的脸蛋和眨巴眨巴的眼睛。

接着，他便听到她一声哀号。她双腿一软，昏倒在地。

## Chapter 10
### 瑞典厨子

黑人勇士们把泰山和希塔重重围住,这才发现,原来破坏他们死亡之舞的是一只活生生的黑豹。他们壮了壮胆子,心想四周长矛包围,就算是凶猛的黑豹也在劫难逃。

茹科夫一再催促酋长,让他赶紧命令长矛兵发动攻击。酋长正准备下令,刚好瞟到泰山注视着什么,便顺势望去。

结果酋长吓得大叫一声,转身就往村外逃。他的手下也纷纷望向远处,想看看是什么让酋长吓成这样。一看见那场景,他们也吓得拔腿就跑。原来,阿库特部落的猿猴正气势汹汹、面目狰狞地朝他们走来。在月光和营火的照射下,一只只巨型猿显得更加高大威猛。

见土著黑人想逃跑,人猿马上野蛮地嗥叫起来,刺耳的尖叫声回荡在这帮黑人的上空。希塔和猿猴们犹如收到了命令,一跃而起,跑去追赶那些逃犯。有些逃兵转身与之搏斗,可在这群猛兽凶残无比的攻势之下,纷纷倒在了血泊之中。

其他村民也先后被卷入战争。直到村里空无一人,最后几个黑人也消失在灌木丛中,泰山才召回自己野蛮的手下。可他这才发现,这群野兽,哪怕是相对聪明点的阿库特,都不明白自己想让它们解开绳子,把自己从石柱上放下来。

当然,那些榆木脑袋可能早晚会明白他的意图,但可能又会有其他事情不时打断:黑人可能会再来夺回自己的家园;白人可能埋伏在周围的树上用步枪瞄准他们;自己可能等不到那群愚钝的猿猴想明白就被饿死了。

至于希塔,这只傻豹子懂的还不如那帮猿猴多。不过,泰山还是对它的非凡表现惊叹不已。毫无疑问,希塔现在真的很依恋他。黑人们一被赶走,它就在柱子四周来回徘徊,侧着身子来回地蹭人猿的腿,还像只斑猫一样发出满足的呜呜声。泰山也相信,它完全是自己想到要把其他伙伴带过来救他。他的希塔可真是百兽之宝!

没见着穆戈姆拜,人猿忧心忡忡。他试图向阿库特打探,这个黑人到底去哪儿了。他担心这帮野兽趁自己不在,偷偷把黑人给吃了。可无论泰山问什么,这只巨猿只会一个劲儿地指着它们刚刚走出来的那片丛林。

一夜过去了,泰山还被紧紧地绑在柱子上。天刚蒙蒙亮,就看见丛林尽头,一群赤身裸体的黑人鬼鬼祟祟,在村子周围的丛林边转悠。那帮黑人又回来了。

白昼给了他们足够的勇气来向这几只野兽讨回本就属于自己的家园。要是他们能克服迷信造成的恐惧,这场战争早就一触即发了。毕竟他们人多势众,又有长矛毒箭,就算是黑豹和类人猿也难逃一死。

瑞典厨子 | 083

片刻之后，黑人便准备发起攻击。他们开始耀武扬威，在空地上又蹦又跳，挥舞着长矛，朝着村子挑衅地呐喊着，凶猛地嚎叫着。

泰山知道，这些战前演练会一直持续，直到他们进入一种极度亢奋的状态，拥有足够的勇气，再朝着村子来一小次猛攻。虽然觉得他们第一次应该不会成功，但他相信，第二次、第三次，他们总会冲破大门，蜂拥而入。最后，泰山那些无所畏惧却手无寸铁、混乱无序的保卫者只能以失败告终。

正如泰山所料，那帮咆哮不止的战士开始了第一次进攻，不过在离大门还有段距离时，便被人猿诡异刺耳的恐吓声吓得跑回了丛林。接着，他们继续在那儿耀武扬威，过了整整半个钟头，才再次发起进攻。

这次，他们刚好攻到村子门口。可希塔和那儿只可怕的猿猴一跃而起，跳到人群中间，又吓得他们尖声惊叫着逃回丛林。

又一次，他们跳着叫着，重复着之前的蓄势动作。泰山相信，他们这次应该就能攻进村子，完成这个自己轻轻松松便能完成的任务。

眼看人猿就能绝处逢生，可希望却再次落空。因为他根本没法儿让自己可怜、野蛮的朋友明白自己的意图，这真让人懊恼！可他也不忍心责怪谁，因为它们已经尽力了。他相信，它们现在会拼了命地保护自己，就算和泰山一起战死，也无怨无悔。

黑人已经准备好再次发起进攻。其中几个人朝村子前进了一段距离，还号召后面的人跟上来。过不了多久，整个原始部落就会冲过那块空地。

在生命的最后时刻，泰山心中只想着自己不知身在何处的宝贝儿子。一想到自己可能再也没法救出儿子，简又受着折磨，这个丛林之王的心就隐隐作痛。他一心只想着得救,可刚迎来的希望又瞬间破灭。这下,他谁也指望不上了。

黑人正穿过空地,一只猿猴突然转过头盯着其中一间棚屋。泰山注意到它的异常,也顺着它的目光望了过去。穆戈姆拜健壮的身影向他飞奔而来。见到此情此景,泰山如释重负,欣喜至极。

这个魁梧的黑人重重地喘着粗气,好像经历了长途跋涉,心情很是激动。他冲向泰山,就在第一个野人刚要冲进来的时候,用刀割断了绑住泰山的绳子。

街上躺着前一天晚上战死的尸体。泰山从其中一具尸体上抽出一柄长矛、一根长棍。接着,便带领穆戈姆拜和那群咆哮不止的手下奔去应战。而这时,那帮土著人也穿过大门,蜂拥而入。

接下来便是一场腥风血雨,凶残厮杀。不过,最后还是以土著人的溃败告终。其实,看到这群奇怪的敌人——一个黑人、一个白人、一只黑豹和几只巨型猿之后,他们很有可能是被吓输的,而并非无力打败这一小群敌人。

泰山缴获了一名俘虏。人猿试图向他打探茹科夫的下落。泰山承诺,只要说出那个俄国佬的行踪,就可以放他自由。

事实上,一大早酋长就试着说服茹科夫带上枪,和自己一起回村里杀了那帮猛兽,夺回本属于自己的一切。可茹科夫明显比这些黑人还要惧怕人猿和他的那帮手下。

茹科夫坚决不答应跟酋长回村,哪怕再看一眼那个村庄都不肯。相反地,他着急忙慌地带着手下来到河边,那儿藏着几只从黑人那里偷来的独木舟。最后一次看见茹科夫和他的手下时,他们正乘着船向上游离去,从卡维瑞部落里抓来的苦力替他们划着桨。

人猿泰山带着自己凶猛无比的手下再次启程,去追捕那个人

瑞典厨子 | 085

贩子，找回儿子。

他们马不停蹄地在荒凉的村庄里追了好几天，后来才发现走错了道。队伍中还少了三个成员，有三只猿猴在村里的搏斗中牺牲了。现在，加上阿库特，只有五只猿猴，另外还有希塔，穆戈姆拜和泰山。

一个白人、一个妇女和一个孩子——这三个人被茹科夫追赶的传闻，人猿也没再听说。他猜不出那个白人和妇女是谁，不过单这个孩子就足以让人猿穷追不舍。他确信，茹科夫一定会追着那三个人走。所以他相信只要跟着这个俄国人走，自己早晚能把儿子救出火坑。

泰山一行人跟丢了之后，又回到茹科夫离开的河边，从起点开始重新规划路线。这次，他们走进灌木丛，向北出发。至于为什么向北，他只能牵强地说，因为那一男一女从河边把孩子带去了那里。

然而，一路上却找不到任何蛛丝马迹，泰山无法确信孩子是否就在前面。他们打听的当地人里，也没有一个人见过或听过另外三个人。不过，几乎所有人都知道那个俄国人，或接触过他的手下。

对泰山来说，想法子跟当地人交流是个大难题。那些土著人一看见泰山的同伴，就一溜烟儿地逃进灌木丛。他唯一的法子，就是走在队伍前面早早埋伏着，这样能找到偶尔独自在丛林游荡的黑人勇士。

一天，他正集中精力跟踪一个毫无戒备的野人。恰巧看到，那个家伙扬起长矛正准备刺向一个受伤的白人。那白人畏畏缩缩地蜷在路边的灌木丛里。泰山见过这个白人很多次，一眼就认出了他。

人猿的记忆中深埋着这令人反感的样貌：离得很近的眼睛，奸诈狡猾的表情，下垂的黄胡子。

人猿立马想了起来，自己被囚禁在村子里的时候，这家伙并没有和茹科夫一起。茹科夫带的人，他都看到了，这个家伙确实不在。那就只有一种可能：他就是那个带着一个妇女、一个孩子逃跑的人，茹科夫追的就是他们。而那个妇女正是简·克莱顿。他恍然大悟，这才明白了茹科夫的话。

看到那个瑞典人面色苍白，一脸恶相，人猿气得面无血色，只有前额的疤上现出一抹猩红。那疤痕是多年以前特克兹留下的。在那场血腥的厮杀中，泰山挺到了最后，也因此成为克查科部落的猿王。

瑞典人是他的猎物，不能让那个黑人抢了去。怀着这样的想法，人猿纵身跳向黑人战士，赶在刺中目标前，打掉了他手中的长矛。黑人立马掏出刀，准备和新敌人搏斗。而躺在丛中的瑞典人却在一旁观战。他做梦也没有想到会遇见这样的场景：一个半裸的白人和一个半裸的黑人先是手里各拿着原始人的天然武器厮杀，后是赤手空拳，龇牙咧嘴，像原始野兽般肉搏，原始的本性仿佛从身体里一跃而出。

过了好一会儿，安德森才恍然大悟，原来自己见过这个健壮的白人。这个咆哮不止、疯狂撕咬的"野兽"居然就是被囚禁在"金凯德号"上那个衣冠楚楚的英国绅士。安德森意识到这一点之后惊得目瞪口呆。

一个英国贵族！在去往乌加姆比的路上，安德森从格雷斯托克夫人那儿了解到那个"囚犯"的身份。他和轮船上的其他船员一样，之前并不知道泰山和简是何许人也。

搏斗结束了。鉴于黑人不肯投降，泰山迫于无奈，只好杀了他。

泰山站在手下败将的尸体旁，一脚踩住敌人已被扭断的脖子，扯着嗓子发出一声可怕的咆哮，宣誓自己的胜利。

安德森怔怔地看着，吓得瑟瑟发抖。接着，泰山转过脸朝着他，脸上写满了冷酷和残暴。从他灰色的眼神里，瑞典人看到了杀气。

"我妻子在哪儿？"人猿咆哮着，"孩子在哪儿？"

安德森正想回答，却被一阵咳嗽呛住。一支箭穿透了他的胸口，一咳嗽鲜血就从受伤的肺部喷出口鼻。

泰山站在一旁，等着他咳完。犹如一尊铜像，人猿冷酷无情地站在这个无助的人旁边，准备从他口中套出点有价值的消息后再杀了他。

过了一会儿，这个身负重伤的人止住了咳嗽，也不再出血，试着再次开口说话。泰山弯下膝盖，凑近他微微抖动着的嘴唇。

"妻子和孩子！"他重复了一遍，"在哪儿？"

安德森指向小路。

"那个俄国人——他们被他抓走了。"他无力地嘀咕着。

"你怎么到这儿来了？"泰山继续问，"你怎么没跟茹科夫一起？"

"他们抓了我们，"安德森用极其微弱的声音回答，人猿只能勉强听出个大概。"他们抓了我们，我跟他们打了起来，可我带的人都逃跑了。后来我受伤了，他们就抓了我。茹科夫说要把我留在这儿喂狼，那还不如直接杀了我。他把你的妻子孩子都带走了。"

"你跟他们在一起做什么？你把他们带到哪儿去了？"泰山问罢，跳起来凑到那个家伙跟前，恶狠狠地瞪着他，眼中不由地燃起憎恶和仇恨。"你对我的妻子和孩子做了什么？快说，不然我就宰了你！你最好识相点，一五一十地告诉我，否则我就把你撕成碎片。你也看到了，我能做得出来！"

安德森满脸诧异。

"为什么？"他轻轻地说，"我并没有伤害他们。我还试图从茹科夫手里救下他们。在'金凯德号'上，你的妻子对我很友好，我有时也会听到那个婴儿的哭声。我家里也有老婆孩子，所以不忍心看你的妻儿骨肉分离，困在茹科夫的魔爪之下。事实就是这样。我要是伤害了他们，还会像这样被扔在这儿吗？"他停下来，指了指胸口上凸出的箭头。

这个人说话的语气和表情，让泰山充分相信他说的是实话。更重要的是，安德森显然没有被泰山吓到，只是有几分不被理解的痛楚。他也知道自己命不久矣，所以泰山的威胁对他并不起什么作用。不过显然，他也希望这个英国人能够知道事情的真相，不要误会自己的好心好意。

"扑通——"人猿一下跪在了瑞典人旁边。

"对不起，"他直截了当地说，"我以为跟茹科夫混在一起的人都是流氓无赖。是我错了，就让这件事过去吧，现在当务之急是帮你找个舒适的地方，检查一下伤口。我一定会尽快让你站起来。"

瑞士人笑着摇摇头。

"你继续去找你的妻子孩子吧，"他说，"我已经没多少时间了，不过——"他顿了一下，"我可不想落入那些土狼之口，可以劳烦你帮我做个了断吗？"

泰山浑身颤抖着。刚才他还想宰了这个人，可现在却把这个人的生命看得比任何朋友的性命都要重要。

他扶着瑞典人的头，轻轻地靠在自己的胳膊上，给他换了个舒服的姿势。

瑞典人又是一阵咳嗽，血出得更厉害了。缓下来之后，安德森紧闭双眼，躺在那儿。

泰山以为他死了，不过他又突然睁开眼，望着泰山。他叹了口气，用极其微弱的声音说："我想，风越刮越大了！"说完，便死了。

## Chapter 11
## 塔姆巴扎

泰山给"金凯德号"上的这位厨师挖了一方浅浅的坟坑。墓中那具尸体,长相还是不讨喜,可他身上却曾跳动着一颗骑士般的绅士之心。身处残酷的丛林,人猿只能以此报答这个拼上性命保护自己妻儿的人。

接着,泰山便再次启程追赶茹科夫。现在,他非常确定前方那个妇人就是简,确定她又落入了俄国人的魔爪。所以,即便迈着敏捷的步伐,闪电般飞驰向前,泰山还是觉得自己如蜗牛一般缓慢。

走着走着,丛林中突然出现了好几条岔路,纵横交错,肆意蜿蜒,通往四面八方,每条路上都有不少土著人来来回回,这让他难以辨别出正确的路径。白人的足迹被随行的土著黑人抹得一干二净,而黑人的足迹又被途经的其他土著人和丛林野兽掩盖。

虽然晕头转向,泰山还是坚持不懈地用自己敏锐的视觉和嗅觉反复查探，以再三确认自己走的路是对的。可即便这么小心谨慎，到了晚上，他还是发现自己彻底走错了路。

他知道同伴们会跟着自己的足迹走，所以故意尽可能地留下明显的记号。要不就折断道路两旁围墙似的藤蔓，要不就用其他方式留下清晰可辨的气味。

入夜，一场大雨倾盆而下，挡住了人猿的去路。无奈之下，他只好爬上一棵大树找个地方躲雨，等待天明。可等到黎明时分，依旧暴雨如注，压根儿没有要停的征兆。

整整一个星期都是乌云笼罩，而泰山辛苦寻到的最后一丝足迹也被狂风暴雨洗刷得干干净净。

期间，他既没见着土著人的影子，也没看到自己的同伴，怕是它们已在这场狂风暴雨中跟丢了自己。鉴于对这一带丛林并不熟悉，人猿也无法准确地辨别路线。而且白天没太阳，夜里没星星月亮，自己根本分辨不出东南西北。

直到第七天，太阳终于在午前穿破云层，照耀着快要发狂的人猿。

人猿泰山有生以来第一次在丛林里迷了路。如此紧要的关头却摊上这事儿，似乎没什么比这更残忍了。他的妻儿还在这片野蛮之地的某个角落，被困在魔王茹科夫的魔爪中。

人猿费尽苦心地追寻他们，可老天爷在这槽糕透顶的七天里却百般阻挠，这期间妻儿又会经历怎样的折磨呢？泰山很了解那个俄国人，知道他心狠手辣。所以泰山敢肯定，知道简曾试图逃跑后，他一定暴跳如雷。而且俄国佬也猜得到自己可能尾随其后，所以一定会速战速决，想尽各种卑劣的手段尽快对母子俩施加报复。

可即便现在又出了太阳，人猿还是不知道该往哪个方向走。

他只知道茹科夫离开河岸，去追安德森，却不知道他追到安德森之后是继续深入内陆，还是调头回了乌加姆比河。

人猿记得自己离开的那段河流，水面狭窄，水流湍急，就算是独木舟也划不了多远。可是，如果茹科夫没往河边来的话，又会朝哪儿去呢？

泰山又想到安德森为保护简和孩子，与茹科夫等人搏斗的地方。从当时的方向来看，安德森曾试图带简和孩子横穿大陆，去桑给巴尔岛。可茹科夫那个家伙有没有胆量冒这个险，人猿就不知道了。

不过，茹科夫也有可能因为一群可怕的野兽正在后面追杀他，人猿泰山也赶过来找他报仇，便不得不铤而走险，走上这条路。

最后，人猿决定朝德属东非的方向继续前进。直到遇到了一群土著人，才从他们口中打听到茹科夫的下落。

雨停后的第二天，泰山偶然发现一个土著居民的村庄。村民们一看见他，拔腿就逃进灌木丛里。泰山并没有就此罢手，追了上去。追了一小段路，就抓到了一个年轻的勇士。这个家伙被吓坏了，毫无抵抗力，自觉地撂下武器，瘫倒在地。他惊叫着，瞪大眼睛盯着泰山。

人猿费了半天劲儿才让他安定下来。平静下来之后，黑人勇士才一五一十地道出他莫名恐惧泰山的原委。

泰山从他那儿得知，几天前一伙白人连哄带骗地进了村子。那些人告诉村民们，一个可怕的白人恶魔正在追捕自己，还警告他们要小心提防恶魔带的同伙。

黑人通过他们一行人的描述，认出泰山就是那个白人恶魔。他还以为泰山后面会跟着一群扮成猿猴和黑豹的魔鬼同伙。

这下泰山看穿了茹科夫的阴谋诡计。这个俄国佬费尽心机，想让迷信的土著人与他为敌，防止他追上自己。

黑人还告诉泰山，领头的那个白人还承诺，要是他们杀了白人恶魔，就给他们丰厚的奖赏。土著人准备时机一到就动手。可正如白人的随从所料，他们一看见泰山就吓得脸色煞白，浑身瘫软了。

黑人发觉人猿无意伤害自己，才慢慢回过神来。泰山建议他把自己带进村里，然后再去把同伴叫回来，告诉他们："只要你们立刻回来，回答白人恶魔的问题，他保证不会伤害你们。"

四处逃窜的黑人一个个回到村子后，总是时不时地向人猿瞅上一眼，焦虑不安地翻着白眼，足以看出他们内心的不安。

酋长是第一个回村的人，也是泰山最想询问的人。于是，人猿开门见山，直接向他打听。

这个家伙个子不高却很结实，一副还没进化的样子，拥有类人猿一般的手臂。整个人看起来阴险狡诈。

酋长麦格维扎姆对俄国人带领的一行人深信不疑。他相信他们编造的故事，可又因为迷信的恐惧，没敢带着手下立马扑上去，吃了泰山。酋长和部落的村民都是积习已深的食人族。另一方面，麦格维扎姆也怕泰山真的是个恶魔，身后的丛林里再蹿出其他气势汹汹的帮凶，让自己的计划泡汤。

泰山凑近这个家伙仔细询问，又把酋长的回答和之前年轻勇士说的话作了一番比较。这才得知，茹科夫正带着手下向遥远的东海岸撤离。

那个俄国人的黑人随从大都背弃了他。就在这个村子里，还有五个黑人因为偷盗，又试图逃跑，被茹科夫勒死了。至于那个俄国禽兽的计划，他手下的黑人还没有害怕他到不敢透露的地步。瓦干瓦扎姆从黑人那儿得知，过不了多久，茹科夫仅剩的脚夫、厨师、门卫、枪手、民兵，甚至他的小头目都会弃他而去，留他一个人在这片无情的丛林里，听天由命。

麦格维扎姆矢口否认见过那伙白人带着一个妇女和孩子。可从他的言辞间，泰山就确定他没说实话。人猿旁敲侧击，三番五次提及此事，可酋长每次的回答都如出一辙，一口咬定那伙人并没带什么妇女和孩子。

泰山想向酋长讨点食物，可费了半天劲跟这位部落之王讨价还价，才讨来一顿饭。接着，他又试图从部落其他村民那儿套出点话，特别是在灌木丛里抓的那个年轻勇士。可因为麦格维扎姆在场，没一个人敢吭声。

最后泰山确定，这些人肯定隐瞒了俄国人，还有简和孩子的去向。泰山决定再留在村庄住一晚，看能不能进一步打探到什么关键信息。

泰山把自己的决定告诉酋长，只见这个家伙的态度瞬间来了个一百八十度大反转。那副鄙夷不屑、疑心重重的嘴脸立马变得百般热情，对泰山嘘寒问暖。

酋长把人猿安置在村里最"豪华"的棚屋，又立刻把自己年老色衰的妻子赶了出来，而自己则临时搬到一个年轻的小妾那里。

要是泰山刚好记起方才的话——如果这帮黑人杀了自己，就能得到丰厚的奖赏，他可能会瞬间明白麦格维扎姆为何突然转变态度。

酋长把这个魁梧的人猿安置在自己的棚屋里，是为了更方便施行计划，获得奖赏。所以他火急火燎地向泰山建议，长途跋涉后一定精疲力竭，不妨早点去安排好的"豪宅"里好好休息。

人猿并不想睡在一个野人的屋子里，可当晚却不得不硬着头皮将就一次。他想找几个年轻野人，坐在烟雾缭绕的屋里，围着

塔姆巴扎

火堆闲聊几句，说不定能从中套出点消息。于是，泰山接受了这位老酋长的邀请，不过坚持宁愿和几个年轻的勇士合住，也不想让酋长年老的妻子露宿在寒风中。

那个牙齿掉光的老太婆一听泰山的提议，咧嘴一笑，非常感激。鉴于泰山的坚持并没打乱他们的原计划，反倒可以在人猿周围安插一帮精挑细选的刺客，酋长欣然同意。不一会儿，泰山就被安排在一间靠近村口的棚屋。

当晚刚好有舞会，以庆祝一批外出狩猎刚回来的猎人，泰山独自一人被留在屋里。麦格维扎姆解释，年轻人都去参加舞会了。

一把人猿安置入"陷阱"后，麦格维扎姆就把精心挑选的年轻勇士叫到身边，准备晚上就派他们去和那个白人恶魔同住！

被选中的勇士，没一个人对酋长的计划感兴趣。因为在他们迷信的思想里，充满着对陌生白人的恐惧。可是军令如山，没人敢违背麦格维扎姆的指令。

勇士们围着酋长蹲坐着，麦格维扎姆正和他们低声密谈自己的计划。这时，泰山帮助过的那个老太婆在他们旁边转来转去。她表面上是来给勇士们旁边的火堆添柴，实则是想尽可能地偷听他们谈话。

虽然门外热闹非凡，疲惫的泰山还是睡着了。刚睡了一两个小时，他突然感到屋里一阵鬼鬼祟祟的动静，猛然惊醒。火堆燃得只剩下一小撮闪烁的灰烬，显得这间臭烘烘的屋子更加黑暗。可训练有素的感官提醒泰山，有个人正摸着黑，悄无声息地朝自己走过来。

他怀疑是同住的勇士刚从舞会上回来，因为还听得到外面舞者狂野的叫唤声，手鼓的咚咚声。可谁会这么费尽心思、蹑手蹑脚地靠近自己呢？

就在这时，人猿轻身一跃，跳到屋子的另一头，一柄长矛紧握手中。

"是谁，"他问，"是谁像头饿狼般鬼鬼祟祟地靠近人猿泰山？"

"别出声，先生！"一个苍老的沙哑声回答，"我是塔姆巴扎，今天你没住我的屋子，才让我这个老太婆不至于露宿街头。"

"塔姆巴扎来找人猿泰山有何贵干？"人猿问。

"现在坏人横行，只有你对我这么友善，我过来是想给你提个醒，报答你的恩情，"老太婆回答。

"提醒我什么？"

"麦格维扎姆挑了几个年轻力壮的勇士与你同住，"塔姆巴扎回答，"他跟勇士们说话的时候，我就在旁边，还听到他下达命令。等到凌晨舞会结束之后，勇士们就会回来。"

"要是你还没睡，他们就假装回来睡觉，可要是你睡着了，他们就会杀了你，这是麦格维扎姆的命令。如果你当时没睡，他们会在你身边静静地等你睡着，然后再一起扑到你身上，把你杀了。麦格维扎姆已经准备行动结束后，向先前的白人领赏了。"

"我都忘了奖赏这回事了。"泰山自言自语地说。接着，又补充道："既然我的白种敌人已经离开，麦格维扎姆也不知道他们到了哪儿，他又怎么去讨奖赏呢？"

"哦，他们没有走远，"塔姆巴扎回答，"麦格维扎姆知道他们的营地在哪儿。他的报信人很快就能赶上他们了，他们走得很慢。"

"他们在哪儿？"泰山问。

"你想去找他们吗？"塔姆巴扎用询问的语气回答。

泰山点了点头。

"我说不清楚他们的露营地在哪儿，不过我可以给你带路，先生。"

就在他们投入谈话的时候，两人都没有注意到一个瘦小的身影偷偷溜了进来，藏在他们身后的暗处，而后又悄无声息地溜了出去。

那个人是酋长和一个年轻的小妾所生之子——布拉欧。他是个满腹仇恨、自甘堕落的小无赖。他对塔姆巴扎怀恨在心，正伺机监视她，等着抓到她的"小辫子"后告诉父亲。

"那走吧，"泰山立马说，"咱们现在就出发吧。"

这句话布拉欧并没有听到。因为他已经飞奔到街上，去找父亲了。此时，麦格维扎姆正在饮酒作乐，欣赏村民们张牙舞爪地乱舞。

泰山和塔姆巴扎小心翼翼地从村子里溜出来，转眼便消失在黑暗笼罩的丛林里。这时，恰巧另外两个健步如飞的勇士也朝着同样的方向飞奔而去，只是走的路线不一样。

泰山和塔姆巴扎离村子已经有段距离，足够安全后，便开始窃窃私语。泰山问老妇人是否见过一个白人妇女和一个白人小孩。

"见过，先生，"塔姆巴扎回答，"那帮人就带着一个妇女和一个白人小孩。不过那个小家伙染上风寒死在我们村里了，他们把他给埋了！"

## Chapter 12
### 黑人恶棍

简·克莱顿渐渐恢复了意识。一睁开眼,她就看到安德森抱着那个孩子站在身边,脸上立马浮现一丝痛苦和厌恶。

"你怎么了?"他问,"生病了吗?"

"我的孩子在哪儿?"她哭喊着,并没有理会他的询问。

安德森抱着那个胖乎乎的婴儿向她伸过去,可她连连摇头。

"这不是我的孩子,"她说,"你早就知道这不是我的孩子。你就是个恶魔,跟那个俄国人没什么两样。"

安德森瞪大湛蓝色的眼睛,吃惊地看着简。

"不是你的!"他惊叫起来,"是你跟我说'金凯德号'上的孩子是你的。"

"不是这个,"简绝望地回答,"是另外一个。另外一个孩子在哪儿?船上一定有两个孩子。这个孩子我不认识。"

"没有其他孩子了。我还以为他就是你的。非常抱歉。"

安德森烦躁不安,急得走来走去。简显然也看出来,他确实不知道这个孩子的真实身份。

不一会儿,孩子啼哭起来,在瑞典人的怀里踢来踢去,一边踢一边朝简伸着小手。

她不忍心拒绝这个小生命,于是抽泣着站起来,把孩子搂在怀里。

她把脸埋在孩子脏兮兮的小裙子上,呜咽了好一阵子。发现这个小家伙并不是自己深爱的杰克,简失望透顶。可转念一想,这个冲击又转变成一个巨大的希望:在"金凯德号"从英国启航之前,一定发生了奇迹,才让自己的孩子免遭茹科夫的毒手。

接着,那个孤苦伶仃的小流浪儿又向简发出了无声的呼唤。一想到小家伙并不是自己的孩子,简的心里便隐隐作痛,可小家伙身处荒野,无依无靠,没人疼爱,简的母爱之心又被这个无辜的孩子唤醒了。

"你不知道这是谁的孩子吗?"她问安德森。

他摇摇头。

"真的不知道,"他说,"如果不是你的,我就真的不知道这是谁的孩子了。茹科夫说是你的。我想他可能也以为是你的孩子。"

"我们现在该怎么办?'金凯德号'我是回不去了,茹科夫会一枪毙了我的,不过你倒是可以回去。我这就把你带到海边,再找几个黑人把你送回船上——嗯?"

"不!不!"简大喊,"绝不!我死也不会再回到那个混蛋的魔爪之中。不,我们还是带上这个可怜的小家伙继续往前走吧。要是老天有眼,我们早晚会得救的。"

于是,他们带着六个莫苏拉人再次偷偷溜走,逃进荒野。莫苏拉人扛着几包吃的和几个帐篷。安德森早就把这些东西偷运到

黑人恶棍 | 101

小船上，好为逃跑做准备。

在日日夜夜的折磨之下，简仿佛陷入一场永无休止的噩梦，不久便分辨不出时间日期了。她不知道他们是走了几天还是几年。唯一值得欣慰的是，那个小家伙一直伸着小手，挨着简的心口温柔地抚摸着。

小家伙的举动在某种程度上弥补了简内心痛失儿子的遗憾。虽然并非亲生，可她有时候会闭着眼睛坐在那儿，想象着怀中的小生命就是自己的孩子，沉浸在这甜蜜的想象之中。简发现自己已经不自觉地开始用母爱呵护他了。

这段时间，他们的行程非常缓慢。时不时地从途径海岸的土著猎人那里了解到，茹科夫并不知道他们前进的方向。掌握了这一消息后，安德森一路上速度缓慢，经常停下来休息，以便更好地照顾这位娇生惯养的妇人。

行进途中，瑞典人坚持抱着孩子，还想尽办法帮简·克莱顿节省体力。发现自己搞错孩子身份，酿成大错之后，他懊恼不已。不过简相信他确实是出于一片好心后，便不让他再因这个无法挽回的错误继续自责。

每天晚上露营时，安德森会在最有利的位置为简和孩子搭上舒服的帐篷，还命令莫苏拉手下在帐篷四周筑起最结实、最安全的荆棘栅栏。

在所剩不多的存粮以及瑞典人用手枪打到的野味中，最好的那份总是留给简。最让简感动的是，这个瑞典人对她总是体贴入微，彬彬有礼。

这丑陋的外表下居然隐藏着如此高尚的品质，这让简迷惑不已。最后，这个瑞典人骨子里的骑士精神，和一直以来的善良、关爱终于改变了他在简心目中的形象。现在，简透过并不讨喜的外表看到的都是他的人格魅力。

一天,他们忽然听说茹科夫已经发现了他们的行踪,而且很快就能追上来,急忙加速前进。安德森当即决定沿水路前进。于是,在途径一个支流河岸上的部落时,他从酋长那里买了条独木舟朝河流出发,部落刚好离乌加姆比河也不太远。

之后,一群人便沿着宽阔的乌加姆比河逃去。他们一路飞速前进,没再听到追捕者的消息。水路的行程结束后,他们把独木舟搁在岸上,朝丛林里走去。进了丛林,旅途变得举步维艰,危机四伏。

离开乌加姆比河的第二天,孩子突然发起高烧。安德森知道这意味着什么,但他不忍心告诉简·克莱顿实情。因为他已经看出来,简就像对待自己的亲骨肉一样,全心全意地爱着这个孩子。

由于孩子的病情,他们已经没办法再朝前赶路,安德森便从主道上撤下来,在一片河岸的空地搭起营地。

简无时无刻不在照顾着生病的小家伙。这些痛苦和焦虑已经让她快要承受不了了,可紧接着又一个噩耗袭来。一个莫苏拉脚夫在林中觅食的时候发现,茹科夫一伙人的营地就在附近。显然,那伙人已经发现了他们的行踪,而他们还以为这里是个极其隐蔽的藏身之地。

这个消息意味着他们只有一个选择:必须拆了营地,不顾孩子的病情,火速向前赶路。简·克莱顿很了解那个俄国佬的脾气,要是再抓到他们,一定会让简和孩子再次分离。而且简知道,一旦分开,孩子就必死无疑。

就在他们跌跌撞撞地穿过盘根错节、簇叶丛生的小路时,莫苏拉脚夫却一个接一个地弃他们而去。

如果不是陷入被俄国佬一行人追上的危险之中,那些脚夫还会尽职尽责，忠心耿耿。可是，他们早就听说茹科夫性情残暴，对他已经害怕到闻风丧胆的地步了。现在，他们知道茹科夫就在附近后，最后一丝心理防线也顷刻崩塌，于是迅速丢下三个白人便逃跑了。

可安德森和简依旧继续前行。瑞典人走在前面，砍下灌木丛中挡住去路的枝叶，为简开路，而简则一路上紧紧地抱着孩子。

他们赶了一整天的路，到了傍晚才意识到，还是没能躲过一劫。身后不远处传来一大批民兵的声音，他们正沿着安德森给简开的路追过来。

意识到对方很快就要追上来后，安德森把简和孩子藏到一棵大树后面，还用杂草把他们盖起来。

"前面一英里左右，有一个村庄，"他对简说，"这是莫苏拉人临走之前跟我说的。我尽量把俄国人引开，你继续向村庄赶。那个村子的酋长对白人很友好，莫苏拉人曾经去过。无论如何，我们只能帮你到这儿了。"

"躲过这阵风头，你就让酋长把你送到海边莫苏拉人的村庄。到了那儿之后，总会有船经过乌加姆比的河口。到时候就一切好办了，再见了，祝你好运，夫人！"

"可你要去哪儿，斯文？"简问他，"你为什么不也藏在这儿，和我一起去海边呢？"

"我要去跟俄国人说你已经死了，这样他就不会再找你了，"安德森咧开嘴笑着说。

"你为什么不跟他说了之后，再和我会合呢？"简坚持着。

安德森摇了摇头。

"我跟俄国人说了之后，可能就没法和任何人同行了。"

"你的意思不会是他要杀了你吧？"简问，可她心里清楚，那个混蛋知道瑞典人坏了他的"好事"后，一定会杀了他以解心头之恨。安德森并没有回答，而是指了指他们刚经过的那条路，提醒她保持安静。

"我不在乎，"简·克莱顿低声说，"无论如何，我都不会让你为了救我而牺牲自己。把你的手枪给我。我知道怎么用，或许我们可以一起拖住他们，然后再想办法逃生。"

"没用的，夫人，"安德森回答，"他们只会把我们两个都抓住，到时我就什么也帮不了你了。为这个孩子想想吧，夫人，要是你们再双双落到茹科夫的手里会怎么样。就算是为孩子着想，你也得照我说的做。给，拿着我的手枪和子弹，你应该用得着。"

他把手枪和子弹袋塞到简旁边，便离开了。

简眼睁睁地看着安德森沿着原路返回，去见俄国人手下那帮正走过来的民兵。拐了个弯后，一眨眼就不见了。

她第一反应就是跟上去，自己带着枪，还能帮到他，而且她也不敢想象安德森走了以后，自己被独自留在这片可怕的丛林里，无依无靠的场景。

她从藏身之处爬出来，想尽快去追安德森。她抱起孩子，刚好瞥到他的小脸蛋儿。

脸蛋儿烧得多红啊！小家伙看起来病得太厉害了。简把他的小脸蛋紧贴着自己的脸，真是烧得太烫了！

简·克莱顿吓得差点喘不过气来，立马沿着林中的小路离开。手枪和子弹袋被落在了刚才的藏身处。安德森，甚至她的死敌茹科夫，此时此刻通通被她抛在脑后。

被吓坏的简现在满脑子想的都是这个染上重病又无助的小家伙。孩子神志清醒的时候，一定很痛苦，而自己想减轻他的痛苦，却无能为力。

黑人恶棍 | 105

她现在唯一的念头就是找到一个能帮助自己的人——一个生过孩子的妇人。她还想起了安德森提到的那个友好的村庄。要是能及时赶到那儿就好了！

已经没时间耽搁了。她像只受惊的羚羊，朝着安德森指的方向狂奔而去。

身后突然从远处传来男人的叫声、枪声，而后又是一片寂静。她知道，安德森已经见到俄国人了。

一个小时之后，简跌跌撞撞，筋疲力尽地走进一个小村庄，村里散落着几间茅草屋。男人、女人、小孩立马跑过来团团围住了她。这些热情、好奇又兴奋的土著居民对她进行了连环炮似的发问，可她一句话也听不懂，也没法回答。

她能做的只有眼泪汪汪地指着怀中嚎啕大哭的婴儿，一遍又一遍地重复着："发烧——发烧——发烧。"

黑人们并不明白她说的话，可他们看出了简为什么着急。很快，一个年轻的妇女把她拉进一间茅屋，另外几个妇女在努力让孩子安静下来，尽量缓解他的痛苦。

接着，巫医也来了。他在婴儿面前生上火，在一个小砂锅里煮着奇怪的调制品。巫医在火上跨来跨去，嘴里不住地嘟囔着奇怪又单调的咒语。过了一会儿，他用一根斑马的尾巴往砂锅里蘸了一下，接着又嘀嘀咕咕地念起咒语，还洒了几滴液体在孩子脸上。

巫医离开后，妇女们坐在周围嚎啕大哭起来，简都快被她们的哭声吵疯了。可简也知道，她们这么做完全是出于好意，所以只好装聋作哑，静静忍受这长达几个小时的白日梦魇。

大约到了半夜，村里突然传来一阵喧嚣。她听出那些土著人好像在争论什么，可完全不知所云。

不久之后，她听到有脚步声朝着自己的茅屋走过来。此时，

简正蹲坐在明亮的火堆前，孩子躺在她的膝盖上，一动不动，半抬着眼睑，眼珠子时不时向上翻。

简·克莱顿惊慌失措地看着小家伙。这并不是她的孩子——并不是她的亲骨肉——可这个可怜的小家伙和自己多么亲密，对自己多么珍贵啊！她那颗痛失骨肉的心，已经全身心地投入到这个可怜的小流浪儿身上了。在"金凯德号"被囚禁的几个月，简内心的爱被封闭了起来，如今，那些爱全部倾注到了这个小家伙身上。

简知道一个小生命就要结束了，她不敢想失去这个小家伙会是什么场景。可她又希望最好现在立马就结束，以便终结这个小可怜虫的痛苦。

她听到脚步声停在了门外。先是一阵喃喃自语，片刻之后，部落的酋长——麦格维扎姆走进了屋。简一进村子就被妇女们拉进茅屋里，所以还没见过这位酋长。

现在她见到了麦格维扎姆，这是一个长相邪恶、严重退化的野蛮人。对简·克莱顿来说，他看起来更像只大猩猩，而不是人类。他试图和简交流，可惜并没有成功。最后，他把门外的一个人叫了进来。

另一个黑人应酋长的召唤进了屋——一个跟麦格维扎姆的长相完全不同的黑人。他们的长相差别很大，简·克莱顿立即确定这个黑人来自其他部落，他过来是当翻译的。简从麦格维扎姆问第一个问题时，就察觉出酋长一定有什么不可告人的企图，所以想从自己口中套出点儿消息。

简觉得很奇怪，这个家伙怎么突然间对自己的计划这么感兴趣，还特别盘问了她在村庄逗留之后，打算去什么地方。

简觉得并没有理由隐瞒，就跟酋长说了实情。不过酋长问她

108

是否想在行程结束之后见到丈夫，简摇摇头。

之后，酋长通过黑人翻译跟简表明了来意。

"我刚刚，"他说，"听一些住在大河边的人说，你的丈夫好几次沿着乌加姆比河去找你，后来遭到土著人的袭击，被杀了。我跟你说这些是想告诉你就算想见他，也没必要再长途跋涉，浪费时间找他了。不过，你可以沿原路返回海岸。"

酋长的话如晴天霹雳，让简心如死灰，但她还是谢过麦格维扎姆的好意。经历的这么多磨难都不及最后这一击来得痛彻心扉，她甚至已经彻底麻木，不知痛痒了。

简垂着头，坐在那儿呆滞地看着躺在腿上的婴儿。过了一会儿，她听到门口有响声——又有一个人进来了。一个妇女坐到她对面，往快要燃尽的余火上扔了一捆柴草。

突然一闪，新生的火焰喷薄而出，魔术般照亮了整间屋子。

火焰映衬出简·克莱顿恐怖、呆滞的目光，孩子已经死了。她甚至不知道他死了多久。

她的喉咙仿佛被什么东西卡住，压得她喘不过气来。突然，她一把搂过孩子，靠在胸口，痛苦地把头埋在小家伙身上。

片刻之后，茅屋的寂静被打破了。一个土著妇女走了进来，一阵鬼哭狼嚎。

一个男人走到简·克莱顿跟前咳嗽了几声，又叫了一声她的名字。

简吓了一跳，睁开眼，抬头便看见尼古拉斯·茹科夫那张充满嘲讽的脸。

## Chapter 13
## 逃离魔爪

茹科夫站在简·克莱顿面前，眼神轻蔑地瞥着她，然后把目光投向躺在简腿上的小家伙。简早就拽过毛毯的一角盖住孩子的脸，好让不知情的人以为孩子在睡觉。

"你真是自找麻烦，"茹科夫说，"还非得自己把孩子带到村里来。如果你当时老实点，我就亲自帮你把孩子送过来了。"

"你大可不必这么辛苦，还冒这么大险。不过，我得好好谢谢你，要不是你，我一路上还得想着怎么照顾一个襁褓中的婴儿，那得多麻烦。"

"我原本就打算把孩子送到这个村庄来。麦格维扎姆会悉心照料，把他抚养长大，将他培养成一名优秀的食人者。如果你有朝一日回到文明之地，想到自己过着养尊处优的生活，可儿子却在麦格维扎姆的食人族部落与野兽为伍，一定足以让你寝食难安了。"

"再次感谢你帮我把孩子带到这儿，现在，你必须得把他交给我，好让我把他送给养父母。"说罢，茹科夫咧开嘴，泛起一丝邪恶的阴笑，伸手就去抱孩子。

令茹科夫意外的是，简·克莱顿居然一句也没反驳，站起来把包裹严实的小家伙直接递给他。

"孩子给你，"她说，"谢天谢地，他再也不用受你的折磨了。"

茹科夫听出了言外之意，一把扯下孩子脸上盖的毯子，想看看自己猜得对不对。简·克莱顿密切观察着他的表情。

俄国人一见孩子死了，才意识到自己最后一注报仇的砝码也被老天剥夺，立刻暴跳如雷。这么多天以来，简一直很迷惑，茹科夫究竟知不知道孩子的真实身份，可看到他的反应，简心中的谜团也随之解开。

茹科夫把孩子扔到简·克莱顿怀里，气得握紧拳头，指爹骂娘，在屋里走来走去。最后，他停在简面前，把脸凑向她。

"你在嘲笑我，"他尖叫起来，"你以为你打败我了——嗯？我会让你像你那悲惨的人猿'丈夫'一样,好好瞧瞧坏了尼古拉斯·茹科夫的好事，会是什么下场。"

"这孩子本该由我处置，你却夺走了他。我没法让他成为食人族酋长的儿子，不过——"茹科夫故意停顿了一下，好像想让威胁听起来更可怕——"我可以让孩子的母亲成为食人者的妻子，而且我得在自己一亲芳泽之后，再把她送到食人者手里。"

如果茹科夫是想用这些话来吓唬简·克莱顿的话，那很不幸，他并没有得逞。简压根儿不会被这些威胁吓倒，因为她已经痛到麻木，对这些痛苦和打击都失去了知觉。

相反，她嘴角竟挤出一丝近乎开心的微笑，这让茹科夫很是意外。原来，简不禁萌生感激之情，因为她发现茹科夫并不知道这具可怜的小尸体不是自己的小杰克。

逃离魔爪 | 111

她本想在俄国佬面前说出实情，刺激刺激他，可又不敢。只要茹科夫继续相信这个死去的孩子是她的儿子，真正的小杰克无论在哪儿，都会更安全些。当然，她自己也不知道儿子的下落——甚至不知道儿子是死是活，不过谁也不敢保证，日后茹科夫会不会打听到。

很可能是茹科夫的同伙背着他，用这个孩子偷梁换柱顶替了小杰克。那个背叛他的同伙可能会去伦敦勒索点赎金后，放了格雷斯托克勋爵的儿子。而那些有钱有势的朋友一定会付赎金把小杰克赎回来，儿子现在可能已经安全地回到了伦敦。

自从发现安德森抱给她的孩子不是小杰克以来，简把以上猜测在脑中重复了上百遍。她想象着小杰克回到伦敦的场景，幻想着每一个细节，这是她现在唯一的慰藉。

不，千万不能让这个俄国佬知道孩子不是她的。现在安德森和丈夫都死了，世上再也没人会来救她，也没人知道她在哪儿。简发现自己已经走投无路。

她也知道，茹科夫的威胁绝不是随口说说。简相信，只要他说得出来，就一定做得出来。不过，她也做了最坏的打算，大不了就早点结束这痛苦的折磨。她一定得想办法，在俄国人进一步伤害自己之前结束自己的生命。

眼下她最需要的就是时间，好想想办法，同时为自杀做准备。除非能找到回去的路，见到儿子，否则她也不想一个人苟活。但只要不到最后一刻，简都不会放弃希望。她觉得自己得先想办法逃跑，如果实在逃不了再走这最后一步。现在，她面临一个可怕的抉择——一边是尼古拉斯，一边是自杀。

"走开！"她对俄国人说，"走开，让我和死去的儿子安静地待一会儿。你对我的伤害难道还不够吗？我究竟做错了什么，你要这样一而再再而三地跟我过不去？"

"要怪就怪那只该死的猿猴，你本可以拥有一位绅士——尼古拉斯·茹科夫的爱，可你偏偏选择了那只臭猿猴，"他回答，"不过，现在说这些又有什么用呢？我们得把孩子埋在这儿，之后我就立刻带你去我的营地。等到明天，再把你送回来,交给你的新丈夫——可爱的麦格维扎姆。走吧！"

说完，茹科夫就伸手去抱孩子。简连忙起身，转脸走开。

"我要亲自埋，"她说，"你派几个人去村外挖个坟坑。"

茹科夫急着办妥此事,然后把简带回帐篷里。他见简一脸冷漠，以为她已经向命运屈服，便走出茅屋，示意简跟上。过了一会儿，他带着手下和简一起走到了村外。黑人们在一棵大树下挖了一个浅浅的坟坑。

简用毯子把小家伙的身体包住，轻轻地放到坟坑里，然后转过头，生怕看到发霉的泥土落在那个可怜的小家伙身上。她站在那个无名流浪儿的坟边，默默祈祷。显然，小家伙在她心中已经占据了很重要的位置。

简欲哭无泪，悲痛欲绝。随后，她站起身，跟着俄国人穿过漆黑阴森的丛林，走出麦格维扎姆的村庄，沿着路两旁枝叶繁茂的蜿蜒通道，向白人恶魔——尼古拉斯·茹科夫的营地走去。

小路两旁簇叶丛生，藤蔓缠结，像一座拱门，遮住了林中的月光。简听到猛兽鬼鬼祟祟的脚步声，周围还响起捕猎的狮子震耳欲聋的咆哮声，连大地都被震得随之颤动。

随从们点亮火把，举在手里挥舞着，想吓退那些外出捕食的野兽。茹科夫催促他们加快速度，从那颤抖的声音里，简·克莱顿听出他被吓得不轻。

丛林之夜的各种声音唤起了简的回忆，过去的点点滴滴又浮

逃离魔爪 | 113

现在眼前。当年她和无所畏惧、所向披靡的丛林之神——人猿泰山在丛林中度过了无数个日夜。虽然也会听到这些可怕的声音，可有丈夫泰山陪在身边，简当时什么也不怕。

要是丈夫现在正在某片荒野中寻找自己，该多好啊！那样的话，自己又多了一个活下去的动力，也有理由相信自己很快就能得救——可他已经死了！真是不敢相信结局会是这样。

他的身体那么强壮，肌肉那么结实，怎么有人能置他于死地呢！如果是茹科夫告诉他泰山的死讯，简一定不会相信。可她没想到，麦格维扎姆也欺骗了自己。她并不知道，酋长去找她之前，就早已和俄国人串通好。

最后，他们终于走到了营地。茹科夫的手下还给他的帐篷四周围起了荆棘栅栏。到了那儿，他们发现到处一片狼藉。简不知道是什么情况，不过她看到茹科夫非常生气。从听到的只言片语中，她得知茹科夫不在的时候，又有几个人逃跑了，而且还卷走了大部分食物和弹药。

茹科夫向剩下的几个手下发泄完怒气之后，又回到简这儿，此时她正由几个白人水手看守着。茹科夫粗暴地一把抓住简的手臂，拽着她就往帐篷里走。简奋力反抗，拼命挣扎，而两个水手站在旁边看热闹，笑话这少见的好戏。

茹科夫见很难把简拽进帐篷，便毫不犹豫地使用了暴力。他来来回回给了简·克莱顿好几个巴掌，直到最后把她打得意识模糊，才拖进了帐篷。

茹科夫的手下早就点亮了俄国人帐篷里的油灯，只要茹科夫一声令下，就会立马溜走。简倒在帐篷中间的地面上，渐渐恢复了意识。清醒之后，她的大脑立刻开始飞速运转，眼睛迅速扫视一圈，记下了帐篷里的每一件设施。

这时，俄国佬正抬起简的双脚，试图把她拖到靠边的简易床上。他的腰带上别着一支沉甸甸的左轮手枪。简·克莱顿的眼睛直勾勾地盯着它，恨不得一把上去抓住枪柄。接着，她继续假装昏迷，不过眼睛半闭着，静静等待时机。

就在茹科夫把她抬上床时，时机来了。茹科夫身后的帐篷门口突然有声音，他顺着声音转过头，正好看不到简。而此刻枪柄离她只有一英寸。她闪电般地从枪套里一把夺过武器，与此同时，茹科夫刚好转过脸来正对着简，立马意识到自己遇上了危险。

简不敢开枪，她怕枪声会引来茹科夫的手下。要是茹科夫死了，她可能就会落到那帮小喽啰手里。茹科夫打她时，那两个畜生站在一旁看热闹的情景历历在目，所以那些小喽啰也不见得就比茹科夫强到哪儿去，要是真落到他们手里，自己的处境可能会更糟糕。

就在茹科夫气愤又恐惧地转过脸看着简时，简高高地举起手枪，用尽浑身力气对着他的脑门就是一捶。

茹科夫瞬间瘫倒在地，没有一点声响。简在旁边站了一会儿——这会儿至少不用受他淫欲的威胁。

这时，帐篷外又传来那个分散了茹科夫注意力的声音。她并不知道那是什么声音，不过担心茹科夫的手下进来后事情败露，简立刻走到小桌子前，把桌上亮着的油灯熄灭。

帐篷里一片漆黑，她停留了一会儿，绞尽脑汁地想着下一步逃跑的计划。

帐篷四周都是敌人。躲过这些家伙之后，就是一片黑压压的荒野丛林，里面到处是比这些衣冠禽兽还要凶猛可怕的野兽。

面对前方的危机四伏，简想存活几天都很难，甚至压根儿就没有活命的希望。不过，想到自己已经挺过了那么多大风大浪，而且一个婴儿此刻可能正在某个角落呼唤她，简下定决心要努力

逃离魔爪 | 115

实现这件看似不可能完成的事。她打算穿过这片阴森恐怖的陆地，找到大海，求得一线生机。

茹科夫的帐篷几乎处于营地的正中心。四周全是白人同伴的帐篷和土著民兵的栖身处。从他们中间穿过，到达营地的出口似乎根本不可能，可简别无选择。

如果继续待在帐篷里很快就会被发现，那么自己冒这么大风险才获得的自由将化为乌有。所以她蹑手蹑脚、小心翼翼地走到帐篷的后面，开始了冒险。

她沿着后面的帆布墙摸索了一遍，并没发现出口。接着，又迅速回到失去意识的俄国人这里。简在他的腰带间摸到一把长猎刀，用它在帐篷的后墙上划开一个大口子。

她悄无声息地走到帐篷外面。看到整个营地的人都睡得很沉，她才放心地松了口气。透过微弱闪烁的余火，简只看到一个哨兵，正在营地对面打着瞌睡。

简躲过站岗的哨兵，离开帐篷，穿过土著民兵的栖身处，朝荆棘围墙外走去。

走出营地后将是一片漆黑、藤蔓缠结的丛林。远远传来狮子的咆哮声、土狼的嗥叫声，还有丛林之夜中各种神秘的声音。

没有任何退却的余地。简勇敢地迈步向前，细嫩的手扯断浓密的荆棘"围墙"。虽然手指被扎破，鲜血直流，她依旧气喘吁吁地披荆斩棘，直到开出一条小道，可以勉强挤过去。最后，她终于走到了营地外。

调头回去再落到那帮人的手里，只会生不如死。

继续向前也许只有一种结果——死——但是，虽死犹荣。

她义无反顾地离开营地飞奔向前，片刻之后便消失在神秘的丛林里。

## Chapter 14

## 丛林逃生

塔姆巴扎领着泰山朝俄国人的营地走去。因为年老体衰,又受风湿困扰,她只能极其缓慢地沿着蜿蜒的丛林小道往前走。

泰山和那老态龙钟的向导刚走到半路,麦格维扎姆派去给茹科夫报信的人就到了俄国人的营地。这几个报信人想告诉茹科夫,人猿现在就在他们村里,而且酋长准备当晚就杀了泰山。

到了白人的营地之后,报信人发现到处一片混乱。那天早上,大家在茹科夫的帐篷里发现了他昏倒在地下,表情惊愕,血流不止。待茹科夫恢复了意识后才知道简·克莱顿早已逃跑,立刻大发雷霆。

他拿着手枪冲出来,绕着营地到处乱转,准备一枪毙了那个玩忽职守、把简放走的哨兵。而另外几个白人手下听说茹科夫残暴起来六亲不认,也意识到自己处境不妙。

听了报信人的消息后,茹科夫便准备和他们一起回村子。就在这时,麦格维扎姆派的第二批报信人也赶到了。他们一路狂奔而来，累得上气不接下气，对着火光气喘吁吁地大喊人猿逃跑了，现在正赶过来找茹科夫报仇呢。

荆棘包围的营地瞬间一片混乱。茹科夫手下的黑人民兵想到巨猿将带着一群凶猛的猿猴、黑豹接踵而至，立马吓得失魂落魄，闻风丧胆。

还没等白人反应过来，一群迷信的黑人——茹科夫的手下连同麦格维扎姆的报信人——就吓得逃进了灌木丛。不过即便是落荒而逃的工夫，他们也不忘顺手牵羊卷走所有值钱的物件。

就这样，茹科夫和七个白人水手被洗劫一空，孤零零地被抛在一片荒野之中。

像往常一样，这个俄国人大声地责骂起同伴，把所有的错都归到他们身上。不过，水手们现在根本没心情再忍受他的侮辱和谩骂。

就在茹科夫对着他们破口大骂时，其中一个水手顺手掏出一把枪对着俄国佬就开火。虽然没打中，不过也把茹科夫吓得够呛，他转身就往帐篷里跑。

茹科夫逃跑时刚好瞅见荆棘围栏外的丛林尽头，这个胆小鬼瞅了一眼，立马就吓得毛骨悚然。相比之下，他甚至觉得身后那七个拿枪指着自己的叛徒也没那么可怕。

原来，他瞅见一个几乎赤裸的白人从灌木丛里缓缓走来。

俄国佬钻进帐篷后，并没停下脚步，而是拐到右边，利用简·克莱顿前一天晚上在后墙上划的口子逃出了帐篷。

这个吓坏了的莫斯科人顺着简在荆棘围墙上挖开的裂口，像只被猎杀的野兔一样一路狂奔，疯狂逃命。当泰山快到营地的时候，茹科夫已经顺着简·克莱顿的逃生之路消失在丛林里。

人猿搀扶着年迈的塔姆巴扎穿过荆棘围墙，走进营地。七个水手一眼就认出了他，转身就往对面跑。泰山见茹科夫并不在他们中间，便随他们去了。毕竟要找的人是茹科夫，泰山想应该能在帐篷里找着他。至于那几个水手，泰山相信恶有恶报，这片丛林应该会为民除害。果然，他猜得一点儿也不错，人猿就是最后一个见到他们的人。

进了茹科夫的帐篷，泰山发现里面空无一人，刚准备出去找他，塔姆巴扎对泰山说，那个白人一定是听麦格维扎姆说泰山就在村子里才离开的。

"他肯定是赶回村子了，"老妇人坚持，"你要是想找他，那咱们就赶紧回去。"

泰山也觉得她说的有道理，便没再浪费时间搜寻俄国人的踪迹，而是独自一人飞快地赶回麦格维扎姆的村庄。塔姆巴扎在后面一步一步费劲地跟着。

泰山希望简在茹科夫手里还是安全的。这样的话，早晚都能把她从俄国人手里救出来。

现在，人猿已经知道麦格维扎姆这个家伙压根儿靠不住，必须得靠自己才能救出妻子。他真希望穆戈姆拜、希塔、阿库特和其他同伴也在身边，因为仅凭一己之力，很难从茹科夫和麦格维扎姆那两个混蛋手里安全地救出简。

让泰山意外的是，在村子里连茹科夫和简的影子都没见着，而且从酋长的嘴里也问不出一句话，于是他便不再继续无谓的询问。一听到茹科夫和简的消息，他就匆匆地赶来，发现要找的人并不在村子里，又匆匆地离去，老酋长拦也拦不住。

泰山在林间游来荡去，迅速赶回空无一人的营地。在那儿最有可能找到茹科夫和简的踪迹。

到了荆棘围栏后，泰山绕着营地仔细搜寻。忽然，他发现荆

丛林逃生 | 119

棘墙的背面有藤条折断的痕迹,立马意识到一定有人刚从这儿穿过去,走进了丛林。敏锐的嗅觉也告诉泰山,他要找的两个人正是向这个方向逃走,不一会儿,泰山就顺着微弱的足迹向前追去。

远处,一个胆战心惊的女人沿着一条狭窄的小径战战兢兢地走着,生怕下一秒就遇见什么凶残的野兽或野人。她一边走一边祈祷自己走的方向是对的,祈祷自己最终可以走到大河边。这时,她突然发现一个地方,看起来很眼熟。

路边的一棵大树下,零散地盖着一小堆杂草——她立马想起险些丧命的那一天。当时是安德森把她藏在这儿,就在这儿,安德森为了救她,舍弃了自己的性命。

这时,她忽然想起安德森临走时塞给她的手枪和弹药。在此之前,她把这事儿都忘得一干二净了。她手里还攥着从茹科夫那儿抢来的手枪,不过里面最多只有六发子弹,路上又得找吃的又得防身,绝对不够撑到海边。

她屏住呼吸,在草堆下面摸索着,并不指望自己落下的武器还在。不过,居然摸到了一把沉甸甸的武器,还有子弹袋,她喜出望外,终于松了一口气。

她把子弹袋背在肩上,手里握着长枪,感受到这沉甸甸的分量之后,简瞬间充满了安全感,心里又燃起了新的希望,胜券在握。就这样,简再次开始了她的旅程。

当晚,她睡在一个树杈上,泰山曾说过他经常这么干。第二天一大早,简便匆匆启程。傍晚,当她准备穿过一小片空地时,忽然发现对面丛林里走出一只巨大的类人猿,把她吓得不轻。

大风阵阵吹过,简必须抓紧时间躲到那只巨猿的下风向。于是,她藏进一片茂密的灌木丛中暗中观察,手里紧握着手枪以备不时之需。

可不一会儿,她就变得惊慌失措。原来有好几只猿猴停在那片空地中间,压根儿没有要走的意思。几只猿猴站在一块儿,朝身后张望着,好像在等部落的其他成员。简只希望它们赶快走,否则一阵旋风可能就会把她的气味传到巨猿那儿,到那时,自己仅靠两把枪怎么可能对付得了这么多力大无穷、牙尖爪利的猛兽?

她的眼睛来回打转,密切观察着猿猴和它们注视的丛林尽头。后来,简终于发现它们停下来等的是谁——原来它被跟踪了。

一只健壮的黑豹正从猿猴们刚走出的丛林里悄无声息地溜出来,简确信,这些猿猴们一定是被跟踪了。

很快,黑豹穿过空地,朝猿群跑去。可让简意外的是猿猴们居然镇定自若。过了片刻,简吃惊地瞪大了眼睛,黑豹已经跑到猿群里,可猿猴们却习以为常,对黑豹视若无睹,而黑豹蹲伏在猿群中间,自顾自地舔着绒毛——猫科动物大多时候都是这样。

对于天敌之间的友好相处,简只觉得惊讶,可看到下面这一幕时,简就开始怀疑自己是不是被吓得神志不清了——一个身材魁梧、肌肉健硕的勇士居然走近猿群和黑豹,甚至加入了它们。

简见勇士朝猿群走,确信他一定会被撕成碎片。于是她挺起腰,探出头,把枪扛在肩上,试图挽救勇士的性命。

可现在,简居然看到勇士好像在和野兽们对话——向它们下达命令。

不一会儿,整支队伍就井然有序地穿过空地,渐渐消失在对面的丛林中。

简·克莱顿迷惑不已,可见它们已经走远,便稍微松了口气,摇摇晃晃地站起来,远远地躲开刚刚遇到的那帮奇怪的兽群。半英里之外,另一个人顺着简的足迹悄悄尾随。他见一帮恐怖的兽群正要从旁边经过,吓得瑟瑟发抖,连忙躲到一座蚁丘后面。

丛林逃生 | 121

这个人正是茹科夫。不过，他认出了这帮可怕的兽群就是人猿泰山的同伴。兽群一经过，他就立即飞奔在丛林间，拼死逃命，好尽快远离那帮吓人的兽群。

简·克莱顿终于来到河边，她希望能从这儿顺流而下，漂流入海最终得救。不料，茹科夫此时已经近在咫尺。

简发现河岸上有条大船，牢牢地拴在岸边的一棵大树上，由于河水的冲击，一半船身都陷在泥沼之中。

要是能划起这艘笨重的大船，就可以解决去往大海的交通问题了。简解开拴在树上的绳子，拼命地推动大船的船首，可它依旧纹丝不动。显然，当务之急是先把大船从泥潭中推出去。

简灵光一现，想到可以在船尾放上压舱物，再来回地晃动船身，最终大船就会顺着重力自动滑入水中。

可惜周围并没有合适的石块或岩石，不过简沿着小河找到几块从上游漂流下来的浮木。她捡起浮木，全部堆到了船尾。欣慰的是，船首缓缓滑出岸边的泥沼，而船尾也顺势慢慢漂流入河，还顺着水流往下漂游了几英尺。

简发现如果在船首和船尾间来回跑，可以对两端交替施加压力，每次跑到船尾，大船都会前进几英寸。

看到自己的计划正一步步实现，简完全沉浸其中，没有发现大树下出现了一个男人的身影。

他冷酷地看着简在那儿卖力气，咧着嘴，黝黑的脸上又露出一丝邪恶的阴笑。

眼看船身就要摆脱泥潭，离开河岸。简相信，只要用船底的一支桨插在船首下方，抵住河床，船身就一定能滑入深水。于是，她抓起一支船桨准备插入河床。就在这时，她不经意间瞅见丛林的尽头。

当目光落到那个男人身上时,简吓得叫出了声,原来是茹科夫。

他朝简跑过来,还喊着让她停下,不然就开枪——虽然茹科夫并没有枪,不过真是纳闷他怎么做到这么理直气壮地威胁。

简·克莱顿并不知道自己离开之后俄国人又经历了那么多波折,还以为茹科夫的手下也会很快赶到。

可是,她宁愿死也不愿再落入俄国佬的魔爪。而且,船身很快就能脱离泥潭了。

只要船身入水,顺流而下,茹科夫就再也阻止不了她了。岸上既没有船,也没有其他人,而茹科夫那个胆小鬼绝对不敢游到鳄鱼遍布的河中来抓自己。

此时此刻,茹科夫更多地是想着如何逃命,还顾不上想其他的。他反倒有点庆幸让简逃跑了,要不是简逃跑时开出一条小道,自己还不会这么顺利地逃出来。现在只要简同意让他上船,茹科夫什么都愿意答应她,不过转念一想,好像也没那个必要。

茹科夫发现自己可以轻松地在船身入水之前赶到船首,所以压根儿没必要答应简什么条件。他并不怕向简履行承诺,只是不想向这个刚袭击过自己、又逃之夭夭的人承诺什么。

在那条大船缓缓漂流入河、流向大海的时候,茹科夫得意忘形地在脑中反复想象着向简报仇的场景。

而简·克莱顿正拼命把船推到茹科夫够不着的地方,眼看自己马上就要成功了,只要船身再往下滑一点点,很快就可以顺流而下了。就在这时,俄国人向船首伸出了一只手。

茹科夫死死地跟着船,只有六英寸就要抓着船首了。简因为之前一直忙着晃动船身,累得满头大汗,上气不接下气,现在又看到俄国佬就要抓住自己,急得快要崩溃了。不过,谢天谢地,最后她终于脱险。

丛林逃生

简刚准备默默祈祷，感谢老天爷，只见骂骂咧咧的俄国人突然一副胜券在握的表情。他趴到地面上，手里紧紧抓着什么东西，从泥浆一直蠕动到水里。

简·克莱顿蜷缩在船里，吓得瞪大了眼睛。她意识到，成功瞬间化为泡影，自己又一次落入恶毒的茹科夫手中。

茹科夫看见并紧紧抓住的是根绳子——那根把大船拴在树上的绳子。

## Chapter 15

## 顺流而下

泰山顺着茹科夫和简的足迹穿行在瓦干瓦扎姆部落通往乌加姆比河的路上，刚走到半路，正巧遇到同伴们沿着他进村庄的足迹去找他。穆戈姆拜简直不敢相信，他们刚刚竟然和俄国佬以及泰山的妻子擦肩而过。

这群高度敏感、时刻警觉的野兽离他们俩那么近，居然都没有丝毫察觉，真是太不可思议了。不过，泰山认出了那是简和茹科夫的足迹。另外，黑人穆戈姆拜通过一些脚印也推测出，兽群经过时，那两人一定躲在什么地方，暗地里观察着它们的一举一动。

泰山一开始就发现简和茹科夫并没有同行。从留下的足迹可以明显看出，简刚开始领先俄国人一大截，不过再往前，泰山就发现俄国佬很快就要追上简了。

起初野兽的爪印盖过简·克莱顿的脚印，而茹科夫的脚印盖在最上面。这表明野兽们离开之后，茹科夫才走。不过，后来简和俄国人的脚印中野兽的爪印越来越少。最后到了河边，人猿才意识到，茹科夫离简只有不到几百码了。

泰山感觉得到，他们现在就在前面不远处。他似乎看到了希望，激动地飞奔到队伍前面，身手敏捷地在林间游来荡去，不一会儿就到达河岸，刚好也是茹科夫赶上简的地方。

沿着河岸上的泥浆望去，人猿发现了茹科夫和简的脚印。不过等到了跟前，既不见船也不见人，放眼四周，也没有发现任何踪迹。

显然，他们把一艘土著居民的独木舟推进河里，乘上船朝河心去了。泰山匆忙地顺着拱形枝条下蜿蜒穿过的河道望去，忽然发现远方拐弯处，一只独木舟漂浮在水面，船上还有一个男人的身影，可惜弯道刚好挡住了泰山的视线。

那群野兽同伴刚到河岸，只见健步如飞的主人沿着河岸飞奔而下，身手敏捷地跳过沼泽地，越过河道拐弯处的一座小高地。

这帮体形庞大、行动迟缓的猿猴和希塔都很怕水，要想跟上泰山就必须绕道而行。穆戈姆拜以最快的速度跟在后面，紧紧跟随泰山。

泰山飞驰在沼泽地和高地间，由于走的是捷径，半个小时就沿着蜿蜒的河道走到向内拐弯的地方。只见眼前河水中央飘着一只独木舟，站在船尾的人正是尼古拉斯·茹科夫。

简并没和俄国人在一块儿。

人猿一看见自己的死敌，额前的那道伤疤瞬间胀得通红，嘴里又发出恐怖的、充满兽性的宣战声。

茹科夫听到这诡异、可怕的警告声后不由瑟瑟发抖。他畏畏缩缩地躲到船底，吓得牙齿打颤，怯怯地望着这个世界上他最害怕的人一路疾驰到水边。

虽然俄国人知道自己待在船上很安全，可一看到泰山他就立马变成一个抓狂的胆小鬼。看到泰山不顾一切地跳进河中过来抓他，茹科夫吓得快要发疯。

人猿一下下有力地划着水，朝独木舟游去。这时，茹科夫从船底抓起一支桨疯狂地划起来，想加快独木舟的前进速度，而一双惊恐的眼睛依旧死死地盯着那个追赶自己的死神。

两人都没有注意到，对面的河岸忽地泛起一丝诡异的涟漪，正朝着水中半裸的人猿一路游过来。

最后，泰山终于到了独木舟的船尾，伸出一只手抓住了船舷。坐在船里的茹科夫吓得手脚发麻，动弹不得，眼睛死死地盯着他的死对头。

突然，泰山身后的水中传来一阵骚动，引起了茹科夫的注意。俄国人看到了水面的波动，瞬间明白是怎么一回事。

与此同时，泰山也感觉到自己的右腿被几只力大无比的爪子紧紧抓住。他借着船舷往船上爬，试图挣脱。眼看就要成功，不料那位"不速之客"刺激了俄国佬的报复心理，同时也让他看到了自救的希望。

俄国佬像条毒蛇一样"嗖"地蹿到船尾，扬起一支重重的船桨对着泰山的头部猛地一击。随后，人猿的手指便缓缓从船舷上滑落。

水面上先是一阵短暂的挣扎，接着一大片水域出现一个巨大的漩涡，越转越小，而后突然冒出阵阵水泡，最后随着丛林之王——人猿泰山沉入乌加姆比浑浊、凶险的河水中，气泡也一个个消失不见。

茹科夫吓得浑身瘫软，瑟瑟发抖地缩在独木舟里。缓了好一会儿，他才意识到自己真是走了"狗屎运"——只见那个悄无声息、

奋力挣扎的人猿渐渐沉入河底的泥浆中，结局惨不忍睹。

俄国人渐渐反应过来这对自己来说意味着什么，于是嘴角又扬起一丝如释重负又大获全胜的冷笑，不过他并没得意多久。就在茹科夫庆幸自己终于可以安全地去往海边时，河岸上一阵气势汹汹的喧嚣声正步步逼近。

循着声音的来源望去，茹科夫发现恶魔般的黑豹正恶狠狠地站在河岸上瞪着自己，豹子四周还围着一群阿库特部落的猿猴。一个魁梧的黑人勇士站在兽群最前面，朝茹科夫挥动着拳头，以示威胁。

这帮可怕的兽群沿着乌加姆比河岸顺流而下，日夜追赶着他，时而追上来，时而又迷失在丛林里长达几个小时，甚至有一次一整天都不见踪影，不过最终它们还是锲而不舍地追了上来。这就像一个噩梦，把这个身强体壮的俄国人折磨成了一个日渐憔悴、头发花白、吓得语无伦次的怪物。最后，海湾终于若隐若现，才给他带来了些许希望。

途中，他也曾逃进一些土著村落。黑人勇士们三番五次地派出独木舟来赶他走，不过每次那帮可怕的兽群一出现，勇士们就吓得鬼哭狼嚎，一溜烟儿地逃进丛林中。

一路上，茹科夫也没有见到简·克莱顿的踪迹。自上次在河边一别，他就再也没见过简。当时茹科夫在河边抓紧独木舟上拴的绳子后，以为简又要回到自己的手掌心，不料简立即从船底抓起一杆猎枪，笔直地对准他的胸膛。

茹科夫见状赶紧松开了绳子，眼睁睁地看着简乘着独木舟渐行渐远。过了一会儿，茹科夫逆流而上，朝河口处的一段小支流走去，之前他带着手下去追简和安德森时，正巧把自己的独木舟停在了那儿。

简现在怎么样了呢？

俄国人觉得她一定是被沿途某个村落里的黑人勇士给抓走了。还好自己有那帮兽群的助攻，才得以摆脱大部分野蛮的敌人。

不过要是能转移野兽的注意力，帮助自己摆脱它们的威胁，茹科夫倒是希望自己登陆的时候，那群黑人能回来。野兽们锲而不舍地追着他，每次一见到茹科夫，它们就对着他嘶吼咆哮。其中最让茹科夫望而生畏的就是黑豹。它总是目光如炬，一脸恶相，白天龇牙咧嘴地张开血盆大口对着他，晚上又在对面的丛林中用充满怒火、闪闪发亮的眼睛恶狠狠地瞪着他。

看到乌加姆比的河口，茹科夫的心中又重新燃起了希望，"金凯德号"就停在那片泛黄的海湾。茹科夫沿着上游离开时，把轮船送去加煤了，还命保罗维奇留下看船。看到"金凯德号"及时地赶回来救他，茹科夫激动得快要哭出声来。

他疯狂地拼命朝"金凯德号"划去，站起来挥动船桨，大声呼喊，想引起船员们的注意。可即便他喊得再大声，甲板上还是一片寂静，没有任何回应。

茹科夫向身后匆匆一瞥，只见河岸上那群咆哮不止的兽群追了上来。事到如今，茹科夫想，那帮几乎修炼成精的野兽一定会想办法抓到自己，就算逃到"金凯德号"的甲板上也会被抓住，除非有人开枪才能击退它们。

那些留在"金凯德号"上的人怎么了？保罗维奇又去哪儿了？轮船上难道空无一人？如果真是这样，那自己岂不是日夜兼程地躲避那帮猛兽之后，还是注定要接受残酷的命运了？他想着想着，吓得浑身直哆嗦，好像死神已经伸出冰冷的手指抵在他的眉间。

不过，茹科夫并没有放慢划桨的速度。经过漫长的航行之后，独木舟的船首终于触到"金凯德号"的船舷。轮船侧面挂着一架悬梯，俄国佬抓着梯子准备往上爬，这时，头顶上突然传来一声警告。茹科夫抬头一看，只见冷酷无情的枪口正对着自己。

先前简·克莱顿用枪指着茹科夫，成功地拖住了他。随后，简便划着独木舟顺着水流一路逃到乌加姆比河中央，摆脱了茹科夫的魔爪。事不宜迟，简以最快速度向下游划去。她把船划到最顺水的位置日夜兼程，只有白天最炎热的几个小时稍作休息。每到那时，简就会在脸上盖着一片巨大的棕榈叶挡住太阳，躺在船底休息一会儿，任独木舟随波顺流而下。

这样一来，简在途中还能偶尔休息一会儿。不过其他时候，她都在卖力划桨以加快航行速度。

而茹科夫一路上都用蛮力沿着乌加姆比河航行。为了远离河岸上穷追不舍的兽群，他总是把独木舟往对岸靠，以至于时不时陷入漩涡之中。

所以虽然茹科夫很快就找到独木舟上了路，还是没有简前进得快，而且简比他早到了整整两个小时。简刚开始看到平静的水面停泊着一艘轮船时，激动得心跳加速，感激不已。可当她慢慢靠近轮船时，才发现原来是"金凯德号"，希望和喜悦瞬间烟消云散，变得忧心忡忡。

可回头也来不及了，顺势而下的水流太过汹涌，简根本没那么大的力气再逆流而上，把船划回去。眼下她只有两条路：要么趁着"金凯德号"甲板上的人不注意，悄悄划到岸上；要么直接登上"金凯德号"赌一把，否则一定会被这水势卷入大海。

她知道上岸之后生还的希望非常渺茫，因为自己压根儿不知道那个友好的莫苏拉村庄在哪儿。简只记得，安德森那天晚上带她从"金凯德号"上逃跑时，把她带进了那个村庄。

简想着如今茹科夫不在船上，或许给船上的人一些好处，他

顺流而下 | 131

们就能把自己带去最近的港口。如果上得了船的话——还是值得冒这个险的。

简顺着湍急的水流迅速向下游漂去,她发现只有使出浑身解数才能勉强把这艘笨重的独木舟划近"金凯德号"。决定好上"金凯德号"之后,简准备直接去找人求助,不过意外的是,甲板上居然空无一人,整条船上似乎都没有人。

独木舟离轮船的船首越来越近,不过瞭望台上并没有传出任何警报声。不一会儿,简意识到独木舟很快就要冲过轮船,除非有人从轮船上放下一艘小船把她接上去,否则就会被湍急的水流和猛烈的潮水冲进大海。

这个年轻的妇人大声呼救,可除了丛林密布的岸上传来几声野兽的尖叫之外,没有任何人回应她。简疯狂地划动船桨,想让独木舟尽可能靠在轮船边上。

她挣扎了好一会儿,可还是离轮船几英尺,眼看希望就要破灭。千钧一发之际,独木舟冲到轮船船首处,简拼尽全力一把抓住了锚链。

她英勇果敢,紧紧地抓牢铁链,湍急的水流几乎要把她甩出船外。远处,她发现轮船的侧面挂着一架悬梯。趁着独木舟划过时,松开锁链爬上悬梯似乎也不太可能,可一直抓着铁链不放好像也于事无补。

最后,简正巧瞥见独木舟船首的绳子。于是,她把绳子系到铁链上,顺利地跟着独木舟顺流而下,恰好停在了悬梯下面。片刻之后,她把步枪挂在肩上,安全地爬上了空无一人的甲板。

简一上船就对轮船进行全面搜索,全程带着步枪防身,以免"金凯德号"上还有其他人。不久,她便查明船上为什么看起来空无一人。原来留下看船的水手们在前甲板的水手舱里已经醉得不省人事。

简觉得一阵恶心，不由打了个寒颤。她赶紧爬上去，用力把水手舱的舱门关得严严实实。接着她去厨房找了点吃的，填饱肚子，然后又回到甲板上。她下定决心，不经过她的允许，任何人都不能登上"金凯德号"。

一个小时过去了，河面风平浪静，并没有引起简的警觉。可紧接着，她朝上游望去，发现河道弯处出现一只独木舟，上面还坐着一个人。没过多久，简就认出来船上的人正是茹科夫。这个家伙试图爬上船时，刚好发现一支枪正对着自己的脸。

俄国人认出眼前阻挡自己的人后，立马暴跳如雷，破口大骂，还百般威胁。不过这些伎俩并没有吓倒简，简依旧铁了心不让他上船。茹科夫见来硬的对她并不奏效，又开始软磨硬泡，苦苦哀求。

然而无论他说什么，简始终如一，坚决不允许茹科夫跟自己同乘一艘船。如果他再敢上前一步，简就一枪毙了他。

这个胆小的俄国佬别无选择，只好冒着被水流冲入大海的危险，退回独木舟里。最后，他成功地绕进海湾，上了岸，刚好与那帮咆哮不止的兽群隔岸相望。

简想着，俄国佬仅凭一己之力，也没法儿划着那只笨重的独木舟逆流而上，登上"金凯德号"，因而也不再担心会受到他的袭击。至于岸上那帮可怕的兽群，简认出那正是自己几天前在丛林中遇到的那一帮，毕竟这么奇怪的人兽队伍，这世上应该绝无仅有了。不过它们为什么也顺流而下来到河口，简就不得而知了。

天快黑的时候，简突然被对岸俄国佬的叫声惊到。过了一会儿，简顺着茹科夫的目光望去，只见一艘小艇正从上游顺流而下，她立马吓得心惊胆战。简确定，小艇上一定是"金凯德号"的其他船员——那帮没心没肺的恶棍、仇敌。

## Chapter 16

## 黑夜漫漫

人猿泰山意识到自己被一条鳄鱼死死钳住后,并没有像普通人那样放弃希望,屈从于命运。

恰恰相反,在这只巨鳄把他拖下水之前,泰山猛地深吸一口气,然后用尽浑身解数,与巨鳄殊死搏斗。不过,人猿生来就不擅长水战,所以他越反抗,反倒越刺激巨鳄把猎物拽进水中越游越快。

泰山因为缺氧,憋得肺部快要炸裂。他知道,自己已经撑不了多久,于是决定在最后关头与巨鳄拼个你死我活。

滑溜溜的巨鳄死死地拖住泰山的身体在水中游走。正当巨鳄把泰山拖入自己的巢穴时,人猿趁机掏出石刀,试图刺进坚不可摧的鳄鱼皮。

可惜泰山的举动只是刺激了巨鳄更迅速地把他拖进巢穴。就在泰山忍耐到极限的时候,忽然发现自己被拖到了泥泞的河床,鼻孔刚好可以露出水面呼吸。四周全是黑乎乎的泥沼,犹如一片死寂的墓穴。

不一会儿,泰山便被巨鳄拖到黏糊糊、臭烘烘的河床上。他躺在边上大口大口地喘着粗气,感觉到身旁冰冷、坚硬的鳄鱼鳞片上下起伏着,仿佛巨鳄呼吸困难,抽搐不止。

就这样,泰山和巨鳄并排躺了好一会儿。突然,身旁的巨鳄一阵抽动,震颤了片刻,接着便一动不动了。泰山大吃一惊,发现这只巨兽已经死了。原来那把细长的石刀扎进鳄鱼的鳞片,刺中了要害。

人猿蹒跚着站了起来,顺着黏糊糊、臭烘烘的巢穴摸索着。他发现自己被拖进一个极其隐蔽的巢穴中,里面宽敞得很,可以容得下十几只巨鳄。

人猿意识到这里是巨鳄的老巢,唯一的出入口肯定只有巨鳄刚把他拖进来的那条通道。

泰山的第一念头自然是逃跑,不过,就算能找到路回到河面,游到岸上也绝非易事。而且这河段一定曲折迂回,最可怕的是可能会遇到其他归巢的巨鳄。

即便成功地游到河里,在上岸之前还是很可能被其他鳄鱼袭击。不过,泰山已经别无选择。于是他猛地深吸一口巢穴里污浊的空气,一头扎进一片漆黑、积满污水的洞穴。里面什么也看不见,只能靠手脚去摸索。

人猿那条被鳄鱼咬破的腿伤得很严重,不过好在没伤着骨头,肌腱也还能动,只是疼得厉害。

人猿泰山早已习惯了伤痛,发现自己的腿还能动,便不再多虑。

他迅速地爬出巢穴,游过渐渐变深的通道,最后游进河底,离河岸只有短短几英尺。人猿渐渐浮上水面,突然发现不远处有两头巨鳄迅速朝自己游过来。泰山一使劲儿,抓住旁边一棵树上

黑夜漫漫 | 135

悬伸的树枝。

泰山抓得正是时候，他刚拽着枝条安全地爬上树干，那只巨鳄就张着血盆大口在树下咯咯作响，蓄意张嘴咬他。泰山在这棵"救命树"上休息了片刻后，极目远眺，一直望到曲折迂回的下游，可并没见到俄国佬和独木舟的踪影。

泰山休息好之后，包扎好那条受伤的腿，接着便开始搜寻顺水漂流的独木舟。他发现自己在河流的对岸，跟来时的路恰好相反，不过茹科夫一定会朝河中央去，所以人猿在哪边的河岸追都是一样。

让泰山懊恼不已的是，自己的腿伤得远比预想的严重得多，已经严重阻碍了行程。要是在路上走，他费尽力气也只比平时走得快一点点；要是在丛林间穿梭，那受伤的腿不单单会阻碍他的步伐，而是会要了他的命。

从那个年迈的黑人妇女那儿打探到的消息让泰山疑虑重重。那个老妇人告诉泰山孩子死了，白人妇女虽然伤心欲绝，可她又偷偷对自己说，那个孩子并不是她的。

泰山想不通简为什么要否认自己或孩子的身份。他能想到的唯一一种可能就是，那个带着自己儿子和瑞典人一起逃进丛林的白人妇女压根儿就不是简。

泰山越想越坚信自己的儿子已经死了，而妻子安全地待在伦敦，并不知道他们唯一的儿子已经命丧黄泉。

这样一来，人猿完全误解了茹科夫的阴谋，还平白无故地徒增负担——至少他现在就疑虑重重。而且，这一推测更让他因宝贝儿子的死而麻木不已，悲痛欲绝。

就这样死了！虽然泰山拥有野兽的本性，可一想到无辜的儿子就这样被死神夺走，还是痛苦得打哆嗦，被这片冷酷无情的丛林伤透了心。

泰山忍着疼痛,步履蹒跚地朝海岸走去,脑海不断闪现俄国佬伤害自己心爱之人的画面,额前的那道伤疤瞬间又涨得通红,彰显着他冷酷的兽性和极端的愤怒。有时候,泰山会情不自禁地发出怒吼和咆哮,吓得林中的小动物落荒而逃,这让他自己也为之一惊。

要是抓住了那个俄国人该多好!

有两次,岸上好战的土著人气势汹汹地从村子里走出来,想挡住泰山的去路。不过一听到泰山闷雷般的嚎叫,见他咆哮不止地朝他们冲去,土著人就立马转身逃进了灌木丛,等泰山走远,才趁机偷偷溜出来。

泰山平时的速度没几个猿猴能赶上,可现在他却焦急不已,觉得自己走得太慢。不过他的速度几乎已经赶上茹科夫划船的速度了,因此可以赶在简·克莱顿和茹科夫同一天晚上到达那片海湾。

夜幕渐渐笼罩在漆黑的河面和周围的丛林中。虽然泰山早已习惯了丛林的黑夜,可视线范围依旧只在几码之内。他现在只想沿着海岸找到俄国佬和白人妇女的踪迹,他确信那妇人一定在茹科夫之前先到下游了。他做梦也没有想到,"金凯德号"或其他船就停泊在几百码之外,因为船上没有一丝光亮。

泰山刚准备开始搜寻,忽然听到一阵嘈杂声——远处船桨小心翼翼拍打水面的声音越来越近,声音的来源几乎就在正对面。泰山似雕像般一动不动地站在原地,侧耳倾听这微弱的声音。

不久,船桨声消失,随后是一阵拖拖拉拉的脚步声。人猿通过训练有素的耳朵判断出,这声音只有一种可能——皮鞋踩到轮船悬梯上的声音。可视线范围内并没有看到轮船,可能方圆千里之内都没有轮船。

泰山站在岸上，默默地凝视着漆黑一片的夜空。突然，水面传来一阵声响，先是一连串刺耳的枪声，随后是一声女人的尖叫。这一切就像猛地被人扇了一巴掌一样，来得猝不及防。

泰山虽然身负重伤，可最近经历的那些可怕遭遇依然撼动着他的心。听到那声划破黑夜的尖叫声后，人猿泰山毫不犹豫地穿过灌木丛，"扑通"一声纵身扎进漆黑的水中，把水中危险的猛兽全都抛到脑后。

简站在"金凯德号"的甲板上守着，突然发现远处一只小船缓缓驶来，岸上的茹科夫和对岸的穆戈姆拜一行人也注意到了它。俄国佬大声呼喊，小船听见喊声，就先划到茹科夫那儿把他接上了船。在茹科夫与船员们商议了一番之后，小船便开始驶向"金凯德号"。还没走到一半，轮船甲板上就传来一声枪响，小船船首处的一位水手刚好被击中，一头栽进水中。

之后，茹科夫和船员们更加小心翼翼地划着小船，不一会儿，简又开枪击中了一个船员，而此时小船也撤退到岸上，一直搁浅到暮色降临。

对岸那帮咆哮不止的兽群在瓦戈姆比部落酋长、黑人勇士——穆戈姆拜的指挥下，依旧执着地追着茹科夫。只有穆戈姆拜知道谁是主人的敌人，谁是主人的朋友。

只要能上船，无论是搁浅的小船还是"金凯德号"，事情都会好办得多，只可惜深不见底的河水就像宽阔无垠的海面一样，让它们只能隔岸观望着猎物。

穆戈姆拜知道泰山为什么要走进丛林，沿着乌加姆比河逆流而上去追那些白人。他知道他的主人在找被白人掳走的妻儿。他们原本深入内陆腹地去追捕那个恶毒的白人，现在又追着白人回到了海边。

穆戈姆拜甚至以为自己敬重爱戴的主人——泰山已经惨遭白人毒手。所以野蛮的穆戈姆拜铁了心要抓到白人为人猿主人报仇雪恨。

可当他看到那艘小船接上茹科夫,驶向"金凯德号"后,便意识到自己必须搞到一只独木舟,才能带着兽群向敌人杀去。

所以早在简·克莱顿开第一枪之前,穆戈姆拜就领着兽群一溜烟儿跑进丛林之中。

俄国佬带着保罗维奇和另外几个手下撤回了岸上,简知道这只是缓兵之计,他们一定还会再回来。为了重获自由,简决定放手一搏,摆脱茹科夫那个恶魔的纠缠。

抱着这样的想法,简与关在水手舱里的两个船员交涉起来。简命令他们配合自己,要是胆敢不忠,就一枪毙了他们。天一黑,简就放了两个船员。

简拿枪指着,让他们一前一后爬出舱室,又命令他们双手抱头,全身上下仔细地搜查了一遍,免得他们私藏武器。确认他们身上没有武器之后,简让他们去割断锚绳,她现在唯一的计划就是赶紧启动"金凯德号",驶入公海。她相信,之后就算听天由命,条件再艰苦,也比落到尼古拉斯·茹科夫手里强。

当然,"金凯德号"也有可能被过往的船只发现。况且那两个水手向她保证船上备着充足的食物和水,现在暴风肆虐的季节也已经过去,所以简对自己的计划充满信心。

夜幕降临,黑压压的乌云掠过丛林和水面,向西飘去。乌加姆比河就在那儿汇入广阔无垠的大海,随着乌云渐渐散开,水面微微透出一丝亮光。

正是逃跑的绝佳时机。

敌人们既看不见船上的一举一动,也不知道湍急的水流把她

黑夜漫漫 | 139

带进了大海。天亮之前，潮水应该就能把"金凯德号"带到本吉拉海流。现在正刮着南风，到时候轮船便可以沿着非洲海岸一路向北。简希望茹科夫发现轮船离岸时，"金凯德号"已经驶出乌加姆比的河口。

水手们正在卖力地干活儿，这个年轻的妇人站在他们旁边，看到最后一根缆绳被割断之后，她长叹一声，如释重负，心想"金凯德号"即将驶出残酷的乌加姆比河口。

简继续用枪威胁着两名水手，命令他们回到甲板。简本想把他们再关回水手舱，可两名水手一再保证自己忠心耿耿，只要放了他们，就一定全心全意为简效力，最后简架不住软磨硬泡，便同意让他们继续待在甲板上。

"金凯德号"顺着水流飞速前进。几分钟后，突然传来一声刺耳的震动声，"金凯德号"在河流中间停了下来。原来，轮船撞上了距大海四分之一英里处的一片低地。

轮船在那儿搁浅了好一会儿，然后顺着水流荡来荡去，最后船首终于转向海岸，乘风破浪，再次启航。

就在简·克莱顿为之庆幸时，突然听到从"金凯德号"刚抛锚的地方传来阵阵枪声和一声女人的尖叫。

水手们听到枪声后，确信是他们的雇主来了。两人对简的计划并不感兴趣，也不愿耗在随波逐流的甲板上，于是匆匆密谋准备背叛这个年轻的妇人，并想办法通报茹科夫和同伴们来救他们。

似乎命运也想助他们一臂之力，不远处传来的枪声吸引了简·克莱顿的注意力，她顺着声音跑到"金凯德号"的船首，向河中间望去，在黑暗中搜寻着声音的来源。

两个水手见脱离了简的监管，便从后面偷偷摸摸地向她溜过去。

其中一个人的鞋底磨得甲板沙沙作响,惊动了简,等她意识到危险后,为时已晚。

简转过身时,两人已经扑了过来,把她按在甲板上。就在简被按倒在地时,她透过隐约可见的海面发现另一个人也爬上了"金凯德号"。

虽然她顽强抵抗,奋力挣扎,可终究敌不过两名健壮的水手。最终,她不得不哽咽着放弃这场力量悬殊的搏斗。

## Chapter 17
## 甲板决战

穆戈姆拜带领兽群返回丛林,直奔一个目标而去——找只独木舟,渡过大河,上"金凯德号"。没过多久,他便如愿以偿。

黄昏时分,穆戈姆拜来到乌加姆比河的一处小支流,觉得在这儿一定能找到自己想要的东西。果然,支流的河岸上正巧停泊着一只独木舟。

穆戈姆拜立即唤来同伴,让它们上了船,然后把独木舟推入水中。它们手脚麻利、动作迅速,以至于黑人勇士穆戈姆拜还没反应过来独木舟已被"霸占"。穆戈姆拜和兽群在船底挤作一团,黑夜里完全看不清船里有什么。

没过多久,穆戈姆拜正前方的一只巨猿突然一声咆哮,只见它们中间出现一个畏畏缩缩、瑟瑟发抖的身影。穆戈姆拜大吃一惊,原来是一个土著女人。他费了好大力气,好不容易才把女人从类人猿口中救下来,过了一会儿才抚平她的恐惧。

原来这土著女人本要和一个老男人结婚，可她很讨厌那个男人，于是便逃了婚。后来，在河边发现这只独木舟，就打算在船里躲一晚。

穆戈姆拜并不待见她，可让她待在船里总比再把她送回岸上强，遂答应让她留下。

笨拙的同伴们拼命划桨，穿过夜色顺流而下，朝乌加姆比河和"金凯德号"驶去。穆戈姆拜大费周章，才勉强辨认出轮船的轮廓，好在轮船就停在独木舟和大海之间，要比在岸上看得清楚、得多。

独木舟正要靠近"金凯德号"时，穆戈姆拜却发现轮船离自己越来越远，他断定轮船一定正驶向下游。穆戈姆拜正准备催促同伴再加把劲儿向前划，去追"金凯德号"，突然，另一只独木舟闯入视野，离它们只有不到三码。

与此同时，那只独木舟上的人也发现穆戈姆拜等人近在咫尺。不过，他们刚开始并没有看清楚那是多么可怕的一行船员。就在两船即将相撞之时，船首的一名船员向穆戈姆拜的独木舟发起挑战。

黑豹一声怒吼，以示回应。对方发现自己与黑豹怒火中烧的眼睛四目相对时，它的两只前爪已经伸到船首，准备朝自己的船扑过来。

茹科夫立马意识到大事不妙，自己和船员们即将遭遇不测，立即下令向对面的独木舟开火。这便是泰山和简同时听到的阵阵枪声和女人的尖叫声。

穆戈姆拜船上的桨手动作迟缓，手法笨拙，还没来得及趁机攻占对方船只，敌人就迅速地调转船头，向"金凯德号"逃去，转眼就消失不见。

甲板决战 | 143

"金凯德号"触到水底的沙障后,又陷入漩涡之中,随着水流荡来荡去,先是漂回上游乌加姆比河南岸,接着又一个回旋,顺流而下,漂到下游一百码开外。就这样,"金凯德号"拱手把简·克莱顿送到敌人手中。

泰山跳进河时刚好没看见"金凯德号"。他游进漆黑一片的水中,怎么也想不到"金凯德号"近在眼前,只顾顺着两只独木舟上传来的动静,奋力向前游去。

游着游着,上一次在乌加姆比河经历的惊险场景再次浮现在眼前,人猿一阵惊慌,不由为之一颤。

途中泰山有两次都觉得河底有什么东西蹭过自己的双腿,不过并没有抓住自己。就在泰山想着赶快游到大海的时候,突然发现眼前有一团黑乎乎的东西,使得他很快便把对鳄鱼的担心抛到九霄云外。

泰山猛地扑腾了几下,来到这团"黑雾"跟前,惊得目瞪口呆——原来是一艘轮船的船身。

人猿身手敏捷地翻过轮船的横杆,突然听见对面甲板上传来一阵打斗声。

泰山悄无声息地飞奔过去。

皓月当空,虽然周围依旧浓云密布,还是比先前明亮了一点儿。泰山放眼望去,只见两个男人正在和一个女人撕扯着。

泰山不知道这个女人是否就是和安德森一起逃进内陆的人,虽然他也这样怀疑,不过至少可以肯定的是,天赐良机又让他回到了"金凯德号"的甲板上。

但泰山并没有胡思乱想,耽误时间。两个无赖居然合起伙来欺负一个弱女子,这足以让人猿挺身而出,拔刀相助。

两名水手刚意识到船上好像还有人,一双结实的大手就落到两人的肩上。就像被飞轮牵制了一样，他俩被猛地向后一拉，不得不松开手中的"猎物"。

"你们要干什么？"一个低沉的声音传入两人的耳朵。

两人还没来得及回答，那女人一听见泰山的声音，立马兴奋地跳了起来，开心地跑到这位"袭击者"面前。

"泰山！"她哭喊着。

人猿直接把两名水手从甲板上扔了下去，两人吓得屁滚尿流，连滚带爬跌进了对面的排水孔里。泰山难以相信幸福来得如此突然，惊喜地把简一把揽入怀中。

虽然短暂，但这一瞬却是他们最幸福的时刻。

泰山和简这边才刚团聚不久，另一边乌云渐渐散开，六个人偷偷爬上了"金凯德号"的甲板。

走在最前面的正是俄国人。皎洁的月光洒向甲板，茹科夫趁着亮光认出前面的人原来是格雷斯托克勋爵，于是歇斯底里地命令手下赶紧朝那两个人开枪。

泰山连忙把简推进旁边的船舱，然后转过身飞快地向茹科夫扑过去。俄国人身后至少有两个手下举起枪，朝人猿开火，而其他手下则忙着应付一帮顺着悬梯蜂拥而上的兽群。

先是五只巨型类人猿，张牙舞爪，咆哮不止；随后是一个健壮的黑人勇士，还带着一根长矛，在月色的映衬下闪闪发光。

黑人身后又出现一只最为可怕的猛兽——黑豹希塔。它张着血盆大口，虎视眈眈地仇视着茹科夫一行人，仿佛他们勾起了它的食欲。

俄国人的手下并没有击中泰山，人猿本打算一招制服茹科夫，不料这个胆小鬼从身后抓来两个手下做挡箭牌，而自己吓得声嘶力竭，拔腿就跑，朝水手舱逃去。

泰山被挡在前面的两个水手分了心,没顾上追俄国人。泰山周围,猿猴们和穆戈姆拜正与俄国佬剩下的党羽殊死搏斗。

在野兽们凶残的攻势之下,党羽们四散而逃——当然是指还活着的那几个,阿库特手下的猿猴和希塔已经用尖牙利爪消灭了两个。

不过,其中四个人还是逃进了水手舱,企图把舱门作为"堡垒",抵御野兽们入侵。他们发现茹科夫居然也藏在里面,想到这个俄国佬情急之下独自逃跑,留下他们几个孤身抗敌,四个人极其愤怒,再想到俄国佬平时对他们的粗暴行径,他们不禁幸灾乐祸——现在正是找茹科夫报仇的最佳时机!

几个人不顾茹科夫的苦苦哀求,直接抬起俄国佬扔到了甲板上,任由那帮可怕的兽群处置。

泰山注意到水手舱里扔出来一个人,定睛一看——正是自己的死敌。这时,另外一个家伙也看见了被扔出来的茹科夫。

原来是希塔!这只猛兽龇牙咧嘴、悄无声息地朝吓破了胆的茹科夫走去。

茹科夫一看见那可怕的死神向自己步步逼近,吓得瑟瑟发抖,全身瘫软,大喊救命。

泰山也一步步朝俄国人走去,心中燃烧着复仇的怒火。他终于可以为死去的儿子报仇雪恨了,现在正是时候!

当年泰山本想将茹科夫绳之以法,直接处死,可被简拦下了。这次再也没人可怜这个俄国佬了,一切都是他罪有应得。

泰山气得直打颤,一会儿握紧拳头,一会儿松开手指,像一头凶猛的野兽,气势汹汹地走近瑟瑟发抖的俄国人。

不一会儿,泰山发现希塔即将领先一步,抢走他的"胜利果实"。

人猿厉声呵斥黑豹,可这一喊好像消除了俄国佬原本的恐惧,刺激他赶紧采取行动。茹科夫一声尖叫，转身就往桥楼上跑。

黑豹希塔不顾主人的呵斥，紧随其后，猛扑了上去。

泰山正准备跟上去，忽然感觉手臂被轻轻地扯了一下，转身一看，原来是简拽住了他的胳膊肘。

"不要离开我，"简轻声说，"我害怕。"

泰山朝她身后瞥了一眼。

简身后围满了阿库特手下的猿猴。其中几只甚至龇牙咧嘴，发着低沉的喉音，朝简步步逼近。

人猿大声呵斥，让猿猴们退下。泰山当时居然忘了它们只是一群野兽，还分辨不出敌友。刚和水手们厮杀完，它们野蛮的本性便再次被唤醒，现在只要是个活物，对它们来说都是一顿美餐。

泰山又转过头看看俄国人，不禁懊恼自己失去了这个手刃敌人的机会——不过要是茹科夫能从希塔手中逃脱，说不定自己还有机会。可当泰山看到眼前的一幕时，便不再抱有希望。茹科夫已经退到桥楼边缘，站在那儿瞪大眼睛，瑟瑟发抖，眼睁睁地看着黑豹向自己步步逼近。

黑豹压着肚皮，贴着铺板，匍匐向前，嗓子里还发着诡异的低吼。茹科夫仿佛石化了一般，一动不动地站在那儿，目瞪口呆，额上不住地冒着冷汗。

茹科夫往下一看，甲板上守着几只巨猿，那个方向也没法逃。而且，其中一只猿猴正往上跳，试图抓住驾驶室的栏杆，爬上桥楼。

可眼前是默不作声、蓄势待发的黑豹。

茹科夫一动也不能动。他的双膝颤抖着，吓得鬼哭狼嚎。最后，他一声哀嚎，双膝跪地——希塔立刻扑了上去。

这只黄褐色的野兽朝俄国佬的胸口猛扑上去，撞得他连连后退。

甲板决战 | 147

黑豹龇着锋利的尖牙撕咬着茹科夫的喉咙和胸膛，简·克莱顿吓得连忙转过脸去，可人猿泰山并不觉得可怕，嘴角反而露出一丝满意的冷笑，额前那道涨红的刀疤也渐渐恢复成正常的肤色。

　　茹科夫激烈反抗，可在这嘶吼不断、牙尖嘴利的死神面前，一切挣扎都是徒劳。他虽作恶多端，可死得却也痛快，没过多会儿就一命呜呼了。

　　泰山见没了动静，便走上前来。简提议，把茹科夫的尸体拖出来，好歹是条人命，总该体面地把尸体埋起来。可黑豹死死地护住自己的猎物，并不乐意泰山打搅自己野蛮的处理方式。泰山也不想伤害自己的豹友，只好放弃简的提议。

　　整整一个晚上，黑豹希塔都蹲伏在自己的猎物——尼古拉斯·茹科夫的尸体上。"金凯德号"的桥楼上血迹斑斑。明晃晃的月光下，黑豹尽情地享用着自己的大餐。第二天太阳升起的时候，只剩下一堆七零八碎的尸骨。

　　俄国人的所有党羽，除了保罗维奇，都被抓住。其中四个被关在"金凯德号"的水手舱里，另外两个已经死了。

　　活下来的四个人里刚好有一个是船上的大副，知道如何开船，于是泰山和这四个人一起发动了轮船上的蒸汽机，准备去丛林岛。可是，天刚蒙蒙亮，西边就刮来一阵狂风，海面波涛汹涌，大副压根儿不敢冒险启动"金凯德号"。于是，轮船在乌加姆比河口搁浅了整整一天。到了晚上，虽然风刮得小了点儿，可还是白天再启程比较保险。

　　白天，野兽们可以在甲板上自由活动，泰山和穆戈姆拜已经让它们明白不能伤害"金凯德号"上的任何人。到了晚上，泰山还是把它们关在下面的船舱里。

　　泰山听妻子说那个死在麦格维扎姆村子里的孩子并不是小杰

克，高兴坏了。那会是谁的孩子呢？自己的孩子又在哪儿呢？这一切他们都不得而知，茹科夫死了，保罗维奇也逃跑了，这下没办法查出真相了。

不过，知道一切都还有希望，两人也松了口气。只要没有证据证明儿子已死，两人就永远不会放弃希望。

显然，小杰克压根儿就没被带上"金凯德号"。要是上了船，安德森一早就该知道了。可安德森一口咬定，自己抱给简的孩子是"金凯德号"自停在多佛港以来唯一一个孩子。

## Chapter 18
## 复仇大计

简和泰山伫立在"金凯德号"的甲板上，仔细诉说着离家以来各自的经历。这时，海边一个人正眉头紧锁，藏在暗处怒视着他们。

为了阻止英国夫妇逃跑，阴谋诡计一个接一个地在这个人的脑中闪过。只要他亚历山大·保罗维奇心中存有一丝邪念，那被他盯上的人就别想安宁。

不过保罗维奇想出的计谋又一个个被推翻，要么行不通，要么下手太轻，难解心头之恨。茹科夫的这位得力中尉逻辑扭曲，混淆是非，还没有意识到这位英国勋爵并没有错，真正错的是他和茹科夫。

而且这些想法被推翻都有同一个理由——隔着乌加姆比河，他压根儿够不着河中间的敌人，更别提实施计划了。

可他该怎么渡过鳄鱼出没的河水呢？除了莫苏拉村落，附近一只独木舟也找不到。如果穿过丛林去村子里找，保罗维奇又不敢保证回来后"金凯德号"还停在这儿。可这是能抓到敌人的唯一办法了，已经别无选择。于是，他朝甲板上的两个人恶狠狠地瞪了一眼，便离开了河岸。

保罗维奇从茂密的丛林里飞驰而过，满脑子只有一个念头——复仇，这个念头甚至让这个俄国人忘记了自己穿行在一个野蛮的世界。

保罗维奇虽然屡屡遭受命运的捉弄，总是自食恶果，可他还是盲目地认为自己最大的快乐就在于玩弄阴谋诡计之中。只可惜正是这些伎俩让他和茹科夫陷入深渊，甚至搭上了后者的性命。

就在俄国人跌跌撞撞地穿过丛林，赶往莫苏拉村庄的路上，他"灵机一动"，忽然想出一个新点子，似乎比之前所有计划都更可行些。

保罗维奇准备夜里潜入"金凯德号"，上船之后就找出还活着的船员，鼓动他们一起对抗泰山和那群野兽。

他先前在船舱里藏了一些武器弹药，还在一个隐蔽的桌底暗箱中藏了些炸弹。为了组装这些炸弹，保罗维奇花了不少功夫，当时他在家乡的民粹派中还享有很高的声望。

后来为了求得豁免权，换点金子，保罗维奇把炸弹卖给彼得格勒的警察，不料以前的同伴在被绞死前告发了他，因此不得不走上背井离乡、流亡国外的生活。每每想到这些，保罗维奇都心有余悸。

不过，现在该想的是那些炸弹。如果能拿到手，事情就好办多了。那个硬木暗箱里藏的炸弹，足以瞬间摧毁"金凯德号"上的所有敌人。

保罗维奇想着自己的复仇大计胜利在即，幸灾乐祸地舔了舔

152

嘴唇，疲惫不堪的双腿瞬间动力十足，又加快了脚步，免得赶回来时轮船已经起航，那自己的计划又要落空了。

当然，这还得看"金凯德号"什么时候启程。俄国人知道，光天化日之下无法实施计划，得等天色暗下来才方便行动，否则要是被泰山或格雷斯托克夫人发现，自己就没机会再上船了。

保罗维奇确信，一定是呼啸的狂风导致"金凯德号"搁浅于此，如果大风一直刮到晚上，那真是帮了自己的大忙了。据他所知，人猿应该不会冒险在夜幕笼罩、曲折蜿蜒的河道航行，毕竟水中暗藏许多沙障，河口处还零星散落着无数小岛。

莫苏拉坐落在乌加姆比河一条支流的河岸上，保罗维奇到那儿已是午后。土著酋长并不欢迎他，反而一脸怀疑。那些和茹科夫、保罗维奇打过交道的人，都或多或少被这两个残忍、贪婪的莫斯科人欺负过，而酋长的反应和那些受害者一样。

保罗维奇想借用一只独木舟，可酋长不仅断然拒绝，还命令他赶快离开。周围的黑人勇士们怒气冲冲、嘟嘟哝哝，似乎就等着找个借口好举起手中的长矛刺向他，俄国人只好灰溜溜地离开。

十二个黑人战士把他带到村外的空地上，警告他再也不许靠近村子半步，随后便丢下保罗维奇离开了。

保罗维奇抑制住心中的怒火，悄悄地溜进丛林中，一见自己走出了黑人勇士的视野，便停下来集中精力侧耳倾听。他听到黑人战士们回村的声音，确定他们没有跟踪自己后，悄悄地爬过灌木丛，来到河边，继续盘算着如何搞到一只独木舟。

能不能活下来就得看能不能上船，召集"金凯德号"剩下的船员为自己所用了。留在这片危机四伏的非洲丛林里，又没有土著居民的帮助，只能是死路一条。

与此同时，内心复仇的渴望同样激励着他迎难而上，实现复

复仇大计 | 153

仇大计。就这样，孤注一掷的保罗维奇潜伏在一条小河边，用渴望的眼神搜寻着独木舟的踪迹，最好是只小型的、用一支桨就能划起来的独木舟。

没过多久，俄国人就发现河中央出现了一只莫苏拉人常用的那种做工简陋的小艇。一位少年慵懒地从村外向中游划过来。把划艇划进河道之后，少年懒洋洋地靠在船底，任由小艇随水缓缓漂流。

小伙子完全没有注意到河岸上的敌人，依旧倚在船上悠闲地随水漂流，而保罗维奇在丛林里沿着河岸已经跟了他几码远。

离村庄还有一英里的时候，黑人小伙子把船桨没入水中，朝岸边划去。保罗维奇见他准备把船靠在自己藏匿的岸边，不禁暗自窃喜，要是停到对岸去，自己岂不是够不着了。保罗维奇特意藏到一处灌木丛后面，小艇一靠岸，便触手可及。缓缓流动的溪水似乎嫉妒小艇一步步向宽阔泥泞的乌加姆比河靠近，它本可以在这儿聚成一股大溪流，却不得不汇入乌加姆比河，奔流入海。

一棵大树悬伸出柔嫩的枝条，没入河心与缓缓流动的河水吻别，葱翠的绿叶抚弄着河水柔软的胸膛，回应着它缱绻的爱恋。莫苏拉少年依旧一脸倦怠，慢悠悠地把船停靠在树下。

心狠手辣的俄国人像条蛇似的蜷缩在茂密的灌木丛中，一双冷酷无情、阴险狡诈的眼睛贪婪地望着那条独木舟，估摸着黑人少年的体形，权衡着自己是否是他的对手。

不到万不得已，亚历山大·保罗维奇是不会动手的，而现在恰好是万不得已的时候。

现在还有时间，可以在日落前赶到"金凯德号"。这个傻乎乎的黑人小子难道不准备离开小船了吗？保罗维奇局促不安，急得像热锅上的蚂蚁。小伙子打了个哈欠，伸了个懒腰，小心谨慎地检查了一下箭袋里的箭头，试了试弓，又看了看缠腰带里别的猎刀。

接着他又伸了个懒腰，打了个哈欠，眺望着远处的河岸，耸了耸肩，准备冲进丛林捕猎前先在船底躺一会儿打个盹儿。

保罗维奇猫着腰半蹲起来，肌肉紧绷，目不转睛地朝下望着那个浑然不知的受害者。小伙子的眼皮耷拉着，双眼紧闭，胸口有规律地起起伏伏，睡得很沉。机会来了！

俄国人蹑手蹑脚地步步逼近。一根树枝被他踩得沙沙作响，小伙子在睡梦中惊了一下。保罗维奇立即掏出手枪对准他，僵持了片刻后，小伙子又进入了梦乡。

白人离得更近了。除非确定能一枪命中，否则他不敢轻易开枪。片刻之后，他前倾着身子，离莫苏拉小伙子只有一拳之隔，手中冰冷的手枪离那个无辜者的胸膛越来越近，现在离那颗怦怦直跳的心脏只有几英寸。

只要轻轻扣动扳机，这个无辜的少年就会永远离开这个世界。少年棕色的脸颊上写满了风华正茂，嘴角泛着一丝浅笑，唇边还没冒出胡须来。凶手会因此备受谴责，良心发现吗？

亚历山大·保罗维奇对这一切都无动于衷。他那布满胡须的嘴角扬起一丝冷笑，用食指紧紧地扣动了扳机。"砰"地一声巨响。熟睡的少年胸部赫然现出一个小窟窿，窟窿边缘是烧焦的鲜肉。

这副朝气蓬勃的躯体抬起身坐了起来，嘴角的浅笑瞬间变得痛苦不堪，一脸震惊，这个无辜的孩子永远也不会明白自己为何会惨遭毒手。接着，他身子往后一瘫，陷入了永远不会醒来的梦乡。

凶手急忙爬上船，无情地拖着少年的尸体，拽到低矮的船舷上轻轻一推，水上瞬间激起一阵水花，那具黑黢黢的尸体就这样沉入了泥泞的河底。而那个比黑人少年更加野蛮的白人凶手也顺理成章地霸占了那只他觊觎已久的独木舟。

保罗维奇解开绳子，抓起船桨，以最快速度疯狂地划着小艇，向乌加姆比河下游赶去。

夜幕降临，血迹斑斑的船首划入乌加姆比河。俄国人时不时眯着眼睛，费劲地瞅着前方越来越暗的水路，试图透过黑夜看清"金凯德号"的锚地，可什么也看不见。

轮船还停在乌加姆比河上吗？人猿最后会不会见风暴有所减弱，就冒险启程了呢？保罗维奇一边顺着湍急的水流前进，一边暗自嘀咕着这些问题。除此之外，他还想了许多别的问题，个个都与他未来的命运休戚相关，万一"金凯德号"已经启程，那他将被留在这片残忍可怕的丛林自生自灭。

黑暗中，这架轻舟好似在水上飞了起来，急速前进着。保罗维奇渐渐相信轮船已经离开，而自己也划过了停泊处。突然，眼前出现一抹闪烁的亮光。

亚历山大·保罗维奇激动得几乎叫出声来，仿佛看到了胜利的曙光。"金凯德号"没有离开！生存和复仇都还有希望。

发现前方那盏闪烁不定的希望之灯后，保罗维奇不再划桨，而是顺着乌加姆比河浑浊的水流静静地漂流着。时不时地，他也用船桨拨弄几下流水，引导那只原始的独木舟向轮船划去。

保罗维奇离轮船越来越近，巨大的船身在黑夜中若隐若现。甲板上一点儿声音也没有。保罗维奇神不知鬼不觉地顺水漂流着，慢慢靠近"金凯德号"的船身。独木舟的船首触到轮船时发出的刮擦声打破了黑夜的宁静。

俄国人又激动又紧张，浑身颤抖着，站在原地缓了几分钟。头顶的轮船甲板上依旧一片寂静，并没有人发现他。

他悄悄地把独木舟划到"金凯德号"船首斜桅的正下方，一抬手刚好可以够得着。只花了一两分钟，保罗维奇便固定住独木舟，

复仇大计 | 157

然后悄无声息地爬上了船。

不一会儿,他就轻轻松松地跳上了甲板。想到船上住着一群可怕的野兽,这个胆小鬼不禁后背发凉,吓得瑟瑟发抖。可是,他的性命全指望这次冒险成功才能挽回,所以必须鼓足勇气战胜面前的恐惧,抓住这次机会。

甲板上什么声音也没有,也没见着有人看守。保罗维奇蹑手蹑脚地朝水手舱溜去。四周依旧一片寂静。舱门开着,他探出头往里看,只见一个水手正借着那盏悬挂在舱室天花板上、被烟熏黑的油灯看书。

保罗维奇很了解这个水手,知道他是个阴险的杀人犯,当初实施计划时他帮了不少忙。俄国人轻轻地从舱口下来,爬到直通舱内的环形梯子上。

保罗维奇转过头,悄悄喊了声水手的名字。水手抬起眼,一见是茹科夫的中尉,先是吃惊地瞪大了眼睛,而后瞬间皱起眉头,一脸鄙夷。

"你这个魔鬼!"水手脱口而出,"你从哪儿冒出来的?我们都以为你死了,早就上西天了呢。勋爵看到你一定会很开心。"

保罗维奇绕到水手旁边,脸上泛起友好的微笑,伸出右手问好,仿佛见到许久不见的挚友。水手并没有理会对方伸出的手,也没有回应他的微笑。

"我是来帮你们的,"保罗维奇解释,"我打算帮你们摆脱英国人和那帮野兽,那样我们回到文明之地后就不会遇到任何威胁了。我们可以趁着格雷斯托克夫妇和黑鬼穆戈姆拜睡觉的时候偷袭。把他们三个解决之后,再消灭其他野兽就轻而易举了。他们现在在哪儿?"

"他们在下面,"水手回答,"不过你先听我说,保罗维奇,你已经没本事让我们跟英国人作对了。我们已经受够了你和那个禽兽,现在他已经死了,如果我没猜错的话,你也活不了多久。你们俩把我们当成狗一样对待,你要是以为我们都喜欢你,那你还是省省吧。"

"你是说你们都要背叛我吗?"保罗维奇用命令的口吻质问。

水手点了点头,停顿了片刻之后,好像又想出了新主意,便开了口。

"不过,"他说,"我可以念念旧情,趁英国人还没发现你,把你放走。"

"你不会把我一个人丢在丛林里的,对吗?"保罗维奇问,"要是被丢在那儿,我都活不过一个星期。"

"你在那儿还有一线生机,"水手回答,"在这儿,你连条活路都没有。要是把我那些同伴吵醒了,不等英国人发现你,他们就会先挖出你的心脏。你应该庆幸遇到的是我,而不是其他人。"

"你真是疯了,"保罗维奇大喊,"你难道不知道那个英国人把你们带回伦敦之后,会利用法律将你们全部绞死吗?"

"不,他不会做那种事,"水手回答,"他跟我们说了很多,他说除了你和茹科夫,不会怪罪任何人,还说我们只是你们利用的工具而已。这下你清楚了没?"

俄国人软磨硬泡,耗了半个钟头,一会儿泪眼婆娑地苦苦哀求,一会儿又威逼利诱,百般威胁,可水手依旧不为所动。

水手开门见山,对俄国人说他现在只有两条路——要么立即被带到格雷斯托克勋爵面前,要么给水手点好处,放弃身上和船舱里一切值钱的物件,离开"金凯德号"。

"你最好快点决定,"水手不耐烦地喊,"我想上床睡觉了,快点选吧——是去勋爵那儿还是回丛林?"

"你会后悔的。"俄国人嘟囔着。

"闭嘴,"水手警告说,"你要是敢动歪心思,我可就改主意把你留在这儿了。"

如今明明有机会逃走,保罗维奇自然不想落到人猿泰山手里。他知道落到人猿手里必死无疑,虽然丛林阴森恐怖,可终究还有一线生机。

"有人睡在我的船舱里吗?"俄国人问。

水手摇摇头。"没有,"他说,"格雷斯托克夫妇睡在船长舱里,大副睡在自己的舱室,你的船舱里没人住。"

"那我去拿点值钱的物件给你。"保罗维奇说。

"我跟你一块儿,免得你耍花招。"水手说罢就跟着俄国人顺着梯子爬上了甲板。

到了舱口,水手留在门口看着,让保罗维奇一个人进了船舱。俄国人找出来几样值钱的物件堆放在桌子上,站在一旁,绞尽脑汁地盘算着怎样才能既保全性命又报仇雪恨。

忽然,他想起那个小黑匣子就放在桌面下钉着的暗箱里,一伸手就能够得着。

俄国人弯下腰,摸了摸暗箱,立马得意洋洋,闪过一丝阴险恶毒的奸笑。倒腾了片刻,他便走开了。头顶上的油灯是先前点亮的,好看清翻出来的物件。他把黑匣子举得高高的,凑近灯光,用手指摸索着别住盒盖的扣子。

打开盖子,只见里面有两个小隔层,其中一个隔层中放着一个机械装置,看着就像小型钟表的机械部件,还有一组干电池,共两小节。一根导线把钟表装置连在电池的一极,穿过隔层中间的小洞通到另一个隔层,与另一根导线相连,直接将钟表装置串联起来。

另一个隔层上面盖了一层东西，似乎还用沥青封了起来，压根儿看不见里面放了些什么。盒子下面钟表装置的旁边还放着一把钥匙，保罗维奇拿起钥匙，插进上发条的孔里。

他轻轻地转动钥匙，又在盒子上盖了几件衣服，好减弱上发条的声音。他全程聚精会神地静静听着，免得水手或其他人靠近船舱，不过并没有人打断他。

上完发条后，俄国人在钟表装置旁边的小型刻度盘上放了一个指针，接着又把黑匣子盖上，放回桌子下的暗箱里。

俄国人收拾完自己值钱的物件，布满胡须的嘴角扬起一丝狡诈的阴笑，随后吹灭了油灯，朝舱门外等候的水手走去。

"我值钱的东西都在这儿了，"俄国人说，"现在可以放我走了吧。"

"我得先翻翻你的口袋，"水手回答，"免得你私藏什么小玩意儿，反正等你去了丛林之后，这些东西也派不上用场，不过对一个身处伦敦的穷水手来说却是雪中送炭。""哟，还真被我给猜中了。"水手惊呼，原来他从保罗维奇的内侧衣袋里翻出了一卷钞票。

俄国人怒目而视，破口大骂，不过并没有换回什么。转念一想，他很快便欣然接受了自己的损失，因为水手压根儿到不了伦敦，也永远无福享受窃取的果实。

保罗维奇差点儿没忍住，说出水手和"金凯德号"上其他人即将面临怎样的命运。不过，由于担心水手起疑，他便穿过甲板默默地回到了自己的独木舟上。

保罗维奇朝河岸划去，一两分钟过后，便消失在黑夜中。丛林里那些可怕的野兽令人毛骨悚然，他甚至已经预见了自己未来会面临什么样的命运，宁愿划进同样只有死路一条的大海里，也不愿在丛林中苟且偷生。

水手确认保罗维奇离开了之后，回到水手舱把刚缴获的"战利品"藏起来，上床睡了。俄国人的那间船舱中，黑匣子里的钟表装置"嘀嗒嘀嗒"，划破黑夜的宁静，船上的人纷纷进入梦乡，对即将发生的一切一无所知，俄国人的复仇大计即将在厄运连连的"金凯德号"上实现。

## Chapter 19

## 巨轮之沉

天刚蒙蒙亮,泰山便走上甲板查看天气状况。风力已有所减弱,空中万里无云,种种迹象表明现在正是启程的大好时机,先把猿朋豹友们送回丛林,接着便启程——回家!

人猿叫醒大副,指示他尽快起航。格雷斯托克勋爵已经向其他船员们保证,不会因为之前与那两个俄国佬同流合污而告发他们,船员们自然也迫不及待地乐意为泰山效劳。

猿朋豹友们也被放了出来,在甲板上四处游荡。野兽们龇牙咧嘴撕咬同伴的场景在船员们的脑海中依旧历历在目,在他们看来,野兽们现在还想扑过来生吞了自己。

泰山和穆戈姆拜在一旁监督,希塔和阿库特部落的猿猴们不得不克制住食欲。船员们在甲板上忙活的时候其实远比他们想象中要安全得多。

最后,"金凯德号"终于驶出乌加姆比河,进入波光粼粼的大西洋。泰山和简·克莱顿望着翠绿掩映的河岸渐行渐远,泰山第一次这么洒脱地离开自己的"原始家园",没有一丝留恋。

世界上没有一条船能载着人猿去寻找丢失的儿子,那些船都慢得像蜗牛一样,而缓缓前行的"金凯德号"在这位失去儿子的父亲看来,似乎就没怎么移动。

轮船虽然看似一动不动,实际上却前进了不少。不一会儿,丛林岛低矮的山谷就在西面的海岸若隐若现。

亚历山大·保罗维奇的船舱中,黑匣子里的那个小玩意儿还在"嘀嗒嘀嗒"地转着,仿佛永无止境。不过,随着时间一秒一秒地流逝,齿轮边缘突出的一个小指针与钟表装置刻度盘里的指针离得越来越近。两根指针一旦触碰,钟表装置就会停止转动——永远停止转动。

简和泰山站在桥楼上,眺望着远处的丛林岛。其他船员也一个个探着脑袋,瞅着越来越近的陆地。野兽们找了处阴凉地,蜷作一团呼呼睡去。海面风平浪静,船上一片安宁。

突然,舱顶毫无征兆地飞到空中,"金凯德号"上空喷出滚滚浓烟,随着一声震耳欲聋的巨响,整个船身开始剧烈晃动。

甲板上立刻一片骚动,阿库特部落的猿猴被吓得嘶吼不断,到处乱蹿,希塔跳来跳去,惊慌失措地发出可怕的嚎叫,船员们一听到这恐怖的惨叫更加毛骨悚然。

穆戈姆拜也吓得瑟瑟发抖。只有人猿泰山和他的妻子依旧镇定自若。震落的舱板刚落到甲板,人猿就跑到野兽们中间,用低沉、平和的语气安抚它们,还抚摸着它们毛茸茸的身体,告诉它们危险很快就会过去。

环顾四周船上的残骸,现在最大的危险就是他们已经被大火包围,肆虐的火焰正疯狂地舔食着残缺不全的舱板,下甲板被炸出一个参差不齐的豁口,熊熊火焰趁势喷薄而出,一发不可收拾。

船上没有一个人受伤,这可真是奇迹。没人知道爆炸的起因,除了一个人——那个知道保罗维奇前一晚上了"金凯德号",还进了舱室的水手。他猜出了是谁干的,不过还是小心谨慎,守口如瓶。要是大家知道他不仅把死敌放上了船,还让敌人趁其不备放了颗定时炸弹在船上,他不会有什么好下场。不,他一定不能让第二个人知道这件事。

火势愈演愈烈,泰山知道不管是什么原因导致了爆炸,一定有易燃物质散落到四周的木材上,因为抽水机里的水不仅没有熄灭火焰,反而助长了火势。

一刻钟过去了,轮船上空升起滚滚黑烟,火势蔓延到机器房,船也熄火了,海水渐渐没过烧得发黑、冒着浓烟的残骸,"金凯德号"的命运已成定局。

"再在船上待下去也没用了,"人猿对大副说,"谁知道等会儿还会不会爆炸,既然我们已经不指望挽回'金凯德号',那最保险的就是抓紧时间转移到救生艇上,赶紧上岸。"

眼下也没有其他选择。大火已经把船舱附近没有炸坏的东西全部吞噬,现在只能趁着大火还没有烧到桥楼,让水手带点儿东西出来。

两条救生艇被放下,海面风平浪静,轻而易举就划到了岸上。两只小舟向海岸靠近时,泰山的猿朋豹友迫不及待,望眼欲穿,嗅着丛林岛熟悉的气息。还没等小船触岸,希塔和猿猴们就争相奔向丛林。人猿望着它们远去的背影,哭笑不得。

"再见了,我的朋友们,"泰山喃喃自语,"你们一直对我这么好,又忠心耿耿,我会想念你们的。"

"它们还会回来吗,亲爱的?"站在他身边的简·克莱顿问。

巨轮之沉 | 165

"也许会，也许不会，"人猿回答，"自它们被迫与人类接触以来，一直过得很不自在。我和穆戈姆拜对它们的影响稍微小点儿，毕竟我们俩只能算得上半个人类。可你和其他船员远比我这些猿朋豹友要文明得多——它们其实是在躲你们。显然这么多美味佳肴摆在面前，它们也不敢保证能够忍住食欲，说不定什么时候一不小心就吃了你们。"

简不禁笑了起来。"我看它们是想躲开你，"她反驳，"你总是不让它们做这做那，可它们又不明白为什么不能做。就像小孩子摆脱父母的管教一样，它们也离你而去了。不过，就算它们要回来，也千万别在夜里。"

"也别在肚子饿的时候回来，是吗？"泰山笑着说。

整整两个钟头，一群人站在岸上眼睁睁地看着"金凯德号"燃烧着，接着海面隐隐约约传来第二次爆炸声，"金凯德号"几乎瞬间倒塌，不一会儿就沉入海面。

大家对第二次爆炸并没有那么意外，大副认为是火势蔓延到锅炉所致。可第一次爆炸究竟是什么原因，陷入困境的一群人始终没弄清楚是怎么回事儿。

## Chapter 20

## 重返荒岛

一行人需要考虑的第一件事便是找到淡水,安营扎寨。他们清楚,这次在丛林岛上一待可能就是几个月,甚至几年。

泰山还记得最近的水源地,便立即带领大家前往。一到水源地,水手们就开始动手用原始的材料搭建栖身之处,而泰山只身前往丛林觅食,留下忠心耿耿的穆戈姆拜和莫苏拉部落的那个女人守护简,"金凯德号"上那些船员都是杀人犯,他可不放心把简交给他们。

流亡在这荒岛之上,简比任何人都要痛苦。她悲痛欲绝,可那颗千疮百孔的心并不是在担心自己的安危,而是想到可能永远无法得知宝贝儿子的情况,打听到他的下落,或者缓解他的处境——各种惨不忍睹的画面瞬间浮现在简的脑海。

两个星期过去了,每个人都分工明确,各司其职。营地边有一座断崖,悬伸的岩石俯瞰着大海,天一亮就有人专门爬上去,留意有没有过往的船只，一直守到日落。为了更容易被发现，他们在崖顶放了一大堆能随时点燃的干树枝，又从地面竖起一根长杆，在顶上系着一个临时求救信号——一件"金凯德号"大副的红色汗衫。

他们每天日出而作，日落而息，一双双眼睛望眼欲穿，可茫茫大海之中连船只或人烟的影子都没见着。

最后泰山想出个主意，他们可以自己动手打造一艘轮船回大陆，而且他也可以教大家怎么用原始器具造船。拿定主意后，大家立刻迫不及待地行动起来。

日子一天天过去，任务也越来越艰巨，大家纷纷互相埋怨，争论不休。于是，荒岛流亡的生活中又平添了内讧和猜忌的危险。

现在泰山更不放心留简一个人和"金凯德号"上这帮人面兽心的船员待在一块儿了。可他又不得不外出捕猎，派其他人去的话，谁也不敢保证能像他一样百发百中。有时候穆戈姆拜会替他去，可黑人的长矛弓箭还是比不过人猿的麻绳石刀。

后来，水手们一个个儿地全都偷懒，三三两两地跑进丛林探险捕猎去了。期间希塔和阿库特部落的猿猴并没有回营地，不过泰山在丛林里捕猎时倒是遇到过它们几次。

流落荒岛的这群人越来越混乱，位于丛林岛东海岸的营地也是一片狼藉。就在这时，另一群人在东海岸也扎起了营地。

东海岸一处狭窄的海湾，小型帆船"玛瑙号"搁浅于此。帆船的甲板几天前就被船长和船员们的鲜血染红。自毛利人古斯特、莫玛拉和大恶魔凯山上船以来，"玛瑙号"就厄运连连。

另外，还有十来个来自南海港口的恶棍，不过古斯特、莫玛拉和凯山是这帮无赖的头目。他们三个企图瓜分"玛瑙号"上运送的珠宝，才煽动了这次叛乱。

凯山趁着船长睡觉的时候谋杀了他，毛利人莫玛拉带几个无赖袭击了船上值班的军官。

古斯特却有自己的"规矩"——只负责出主意却从不亲自动手。他并不是对杀人有所顾忌，只是怕引火烧身，危及性命。杀人终归是要冒险的，受害人很少会坐以待毙，静静等死，大多会拼命反抗，和同犯一起杀人也要冒险，不免会因分赃不均而大打出手。古斯特宁愿放弃出手，避免这些争执。

不过现在事情已经摆平，这个瑞典人渴望统领这帮叛乱者，成为领导人。他甚至理所当然地套上死去船长的"装备"，戴上象征权威的徽章。

凯山对此不屑一顾。他对权利没什么兴趣，更不愿意臣服于一个普通瑞典水手的统治之下。

在丛林岛东海岸搁浅的"玛瑙号"上，矛盾的种子就这样在恶棍船员们心中悄悄地生根发芽。不过凯山知道，自己必须小心行事，这群杂七杂八的人里只有古斯特知道怎么开船，带他们走出南大西洋，绕过海岬，到达安全的海域。等到了那儿，说不定能把那笔不义之财卖个好价钱，也不会有人打听这笔横财从何而来。

就在看见丛林岛和内陆海湾的前一天，值班的水手发现南面的海岸线出现一艘战舰，烟囱里冒着滚滚浓烟。

船上谁也不想被军舰盘问调查，于是他们便把船停靠在海湾准备躲几天，等过了这阵风头再出发。

现在，古斯特并不想冒险出海。虽然没什么凭据，可他坚持认为那艘军舰是来找他们的。凯山挑明这绝对不可能，只有他们自己知道船上发生了什么。

可古斯特毫不妥协。奸诈的他正打着自己的小算盘——想法

重返荒岛 | 169

子独吞这笔战利品。他一个人就可以启动"玛瑙号",如果没有他,其他人就离不开丛林岛。他准备偷偷找几个帮手一起开船溜走,把凯山、莫玛拉和剩下的船员都丢在丛林岛,可什么时候下手好呢?

古斯特苦苦等待着时机的到来。说不定哪天,凯山、莫玛拉和三四个船员刚好要离开营地外出捕猎。瑞典人绞尽脑汁,想把他们几个引到看不见"玛瑙号"的地方去。

之后,古斯特又组织了好几次狩猎,可凯山那个恶魔似乎看出了他的小心思,只有和古斯特同行时才愿意外出捕猎。

一天,凯山对着毛利人莫玛拉棕色的耳朵悄悄地说,他怀疑瑞典人心怀鬼胎。莫玛拉提议立即拿把长刀刺穿那个叛徒的心脏。

其实凯山拿不出什么证据,完全是居心不良的猜测。不过他换位思考了一番,如果自己像古斯特一样会开船,那也会动这样的歪心思。

但凯山又不敢让莫玛拉杀了瑞典人,毕竟还得指望他带大家回去。不过,他们最后决定吓唬吓唬古斯特,让他乖乖听话。另外,毛利人莫玛拉也想趁机"自立为王",统领队伍。

莫玛拉向古斯特提议即刻启程,可再次遭到了反对。古斯特辩解说战舰很可能就在南面的海域侦查,在那儿守株待兔,等着抓他们。

莫玛拉嘲笑古斯特贪生怕死,战舰上压根儿没人知道叛变之事,他们不可能被怀疑。

"啊!"古斯特惊叫起来,"这你就不懂了。还好你走运,有我这个受过教育的人来指点你该怎么做。你就是个无知的野人,莫玛拉,你根本不懂无线电。"

毛利人气得跳了起来,手握刀柄。

"我不是野人。"他大叫一声。

"我只是开个玩笑嘛,"瑞典人急忙解释,"我们都是老朋友了,莫玛拉,我俩可千万不能吵架,特别是现在这个时候,凯山那个老家伙正企图一个人独吞财宝呢。只要他找到一个会开船的人,就会立刻抛下我们。他之所以那么着急起航,就是因为他打着自己的小算盘,想尽快摆脱我们。"

"可无线电呢,"莫玛拉问,"无线电和我们待不待在这儿有什么关系?"

"哦,是哦。"古斯特挠着头支支吾吾地回答。他在想这个毛利人是不是真的无知到会相信自己接下来编造的谎话,"当然有啊!你看啊,每艘战舰上都配有无线电设备,船上的人利用这些设备可以和几百英里外其他轮船上的人对话,还能听见其他船上的一举一动。现在你知道了吧,你们这些人在'玛瑙号'上大声嚷嚷,开枪作战的时候,南方的战舰肯定都听得一清二楚。当然了,他们可能还不知道我们这艘船的名字,但他们一定知道这艘船上的船员掀起了暴动,谋杀了军官。所以你想啊,他们一定会仔细搜查所有过往的船只,可能现在就在我们不远处。"

古斯特说完强装镇定,生怕引起莫玛拉的怀疑。

莫玛拉沉默了一会儿,盯着古斯特,随后站了起来。

"你这个大骗子,"他说,"如果你明天还不带我们离开,那你以后连撒谎的机会都没有。我听两个水手说,想一刀捅死你,要是你继续把他们留在这荒郊野岭,他们就准备动手了。"

"不信你去问问凯山有没有无线电这回事儿,"古斯特回答,"他会告诉你确实有无线电这个玩意儿,而且相距数百英里的轮船可以通过它对话。另外,告诉那两个想杀我的家伙,要是他们真把我杀了,那他们也没命享受瓜分的财宝,只有我才能把你们带

重返荒岛 | 171

到其他港口。"

紧接着，莫玛拉跑去问凯山是不是真的有这种无线装置，能让相距很远的轮船通话，凯山告诉他确实有。

莫玛拉迷惑不解，可他还是想离开小岛，宁愿驶入公海碰碰运气也不愿再待在单调的营地虚度光阴。

"要是我们能找到其他会开船的人该多好啊！"凯山哀嚎着说。

当天下午，莫玛拉和另外两个毛利人一起向南出发，外出捕猎，刚离开营地没多远，前方的丛林里突然传来什么声音，把他们吓了一跳。

他们知道并没有同伴走在前面，这座荒岛又无人居住，那只能说这个地方闹鬼了——很可能是"玛瑙号"上被杀死的那些长官和船员，是他们的鬼魂回来了，一想到这儿，几个人吓得失魂落魄，落荒而逃。

可莫玛拉似乎没那么迷信，反而对此更加好奇。渐渐地，他抑制住逃离"超自然"声音的本能欲望，示意同伴们像他一样，双手双膝趴在地上，悄悄地匍匐向前。就这样，三个人心惊胆战地朝声音的来源爬去。

不一会儿，莫玛拉在一小片空地的边缘停了下来，深深地长舒一口气，如释重负。原来眼前是两个活生生的大男人，正坐在一棵卧倒的枯木上热切地谈论着什么。

其中一个是"金凯德号"上的大副施耐德，另一个是水手施密特。

"我觉得我们能成功，施密特，"施耐德说，"造一只结实的独木舟并不难，如果顺风顺水的话，我们三个人一天就能划到大陆。没必要等他们造一只大船，载上所有人，他们已经不耐烦了，没人想再像奴隶一样整天干活了。反正我们也没必要救那个英国人。

172

要我说，就让他自生自灭吧。"他停顿了一会儿，看了看对方的态度，然后继续说："不过我们最好带上那个女人，把她这么漂亮的女人丢在荒岛岂不是太残忍了。"

施密特抬起头，咧嘴一笑。

"所以到时也会把她带上，是吗？"施密特问，"你怎么不早说啊？要是我帮你，到时候好处也有我一份吧？"

"她那么想回到文明之地，应该会给我们不少好处，"施耐德解释说，"我来跟你说说我的打算。我准备找两个帮手，到时候好处我拿一半，另一半由两个帮手平分，一个是你，另外还得再找个人。我已经受够了这个鬼地方，现在只想尽早离开。你觉得怎么样？"

"我同意，"施密特回答，"我不知道怎么才能回到大陆，其他人肯定也不知道，只有你会开船，我以后就投靠你了。"

毛利人莫玛拉竖起耳朵听着。他对水手们的每种口音都略知一二，以前也在英国人的轮船上做过海员，所以很清楚施耐德和施密特两人在谈论什么。

莫玛拉站起来，向那片空地走去。施耐德和同伴像见了鬼似的忐忑不安，施耐德伸手就去掏枪。莫玛拉掌心向前，伸出右手，以示和平。

"我是你们的朋友，"莫玛拉说，"我听见你们说话了，不过别担心，我不会说出去的。而且我们可以互相帮助，各取所需。"

莫玛拉对施耐德说："你会开船，可你们没有船。我们有船，可没人会开。如果你愿意跟我们一起，保证不乱打听，我们就让你来开船，之后会告诉你我们要去哪儿。你可以带上你们说的那个女人，我们也不会向你们瞎打听，你看行吗？"

施耐德还想从莫玛拉嘴里多打探点消息，可毛利人提议他去和凯山谈。就这样,"金凯德号"的两名成员跟着莫玛拉和他的同伴来到一处丛林,紧挨着叛乱者们的营地。莫玛拉把两位成员藏在丛林中,叮嘱毛利人同伴留下守着这两个水手,以防他们变卦逃跑,然后只身去找凯山。施耐德和施密特俨然已经成为笼中之鸟,而两人却全然不知。

不一会儿,莫玛拉找来了凯山,途中还向他简单叙述了这次幸运的经历。凯山虽然生性多疑,可攀谈几句之后便相信施耐德跟自己差不多,就是个小混混,而且他也想赶紧离开丛林岛。

双方达成了协议,凯山相信施耐德不会耍什么花招,便同意让他指挥"玛瑙号"。至于以后,凯山自然会想办法让他听命于自己。

施耐德和施密特离开丛林,朝自己的营地走去,这是这么多天以来他们感到最轻松的一次。现在他们至少有一个可行的计划,可以乘坐一艘经得起风吹雨打的船离开丛林岛。再也不用卖力地造船,不用冒险乘坐粗制滥造、临时搭建的独木舟了,要是真的凑合乘独木舟离开,可能还没上岸,船就沉底了。

而且,他们还可以带那个女人同行,甚至把两个女人都带上。莫玛拉听说他们营地里还有个黑种女人后,坚持让他们把她和白种女人一起带走。

凯山和莫玛拉走进营地时,清楚地知道他们已经不再需要古斯特了,便径直向他的帐篷走去。这个时候,他应该刚好在里面休息。虽然待在船上更舒服些,可每个人都各怀鬼胎,互不信任,最后只好在海边扎营,这样大家都比较安全。

考虑到谁留在船上对其他人来说都不安全,于是每次只允许两三个人上船,要不就所有人都上船。

凯山和莫玛拉穿过古斯特的帐篷时,毛利人伸出积满污垢、长满老茧的拇指摸了摸他的长刀。如果瑞典人看到这一幕,或知道毛利人邪恶的脑袋里打着什么鬼主意，一定会觉得浑身不自在。

现在古斯特恰巧在厨师的帐篷里，离自己的帐篷只有几英尺。他虽然听见凯山和莫玛拉走近的脚步声，却做梦也没有想到他们的到来对自己来说意味着什么。

古斯特不经意间往厨师的帐篷外一瞥，刚好看到凯山和莫玛拉准备走进自己的帐篷。一看到他们鬼鬼祟祟的样子，古斯特就明白他们有何目的。就在两人偷偷摸摸地溜进帐篷时，古斯特还瞅见毛利人莫玛拉背上插着一把长刀。

瑞典人吓得瞪大了双眼，汗毛直立，面无血色，迅速从厨师的帐篷里冲了出来。无需过多表露，古斯特一眼便看出他们的意图。

他仿佛亲耳听见两人谋划一般，确信凯山和莫玛拉就是来杀他的。知道船上只有他一个人会开船后，目前为止都平安无事。可显然现在出了变故，他不知道是什么，可这个变故却足以让同谋者消灭他。

古斯特片刻不停地飞速穿过海滩，跑进丛林。他害怕这片丛林。这迷宫般神秘莫测的丛林深处不断传出诡异、恐怖的声音。

可比起可怕的丛林，古斯特更害怕凯山和莫玛拉。进了丛林可能会遇到危险，而落到那两个人手里就是必死无疑，不是被长达几英寸的钢刀捅死，就是被那根纤细的绳子勒死。他曾亲眼目睹凯山在一条黑暗的巷子里勒死了一个人。所以比起毛利人的长刀，他更怕凯山的那条绳子。不过足以致命的两样武器他都怕，于是便逃进了冷酷无情的丛林。

重返荒岛 | 175

## Chapter 21
# 丛林法则

在人猿的"威逼利诱"之下，一行人终于成功造出一艘大型帆船的骨架。不过，大部分工作都是泰山和穆戈姆拜合力完成，除此之外，他俩还得为营地的人捕猎觅食。

大副施耐德主要负责"抱怨"，最后索性堂而皇之地罢了工，和施密特一起钻进丛林打猎去了。他声称自己累了，需要歇一歇，泰山不想给这单调乏味的营地生活徒增不快，便欣然准许两人离开。

可第二天，施耐德却表现出一腔悔意，老老实实地干起活来。施密特也任劳任怨地搭起手。看到他们终于幡然醒悟，肩负起各自的重任，格雷斯托克勋爵觉得很是欣慰。

这么多天以来，这是泰山最舒心的一次。施耐德跟泰山说，他和施密特前一天在丛林里看到一群小麋鹿。当天中午，泰山便出发前往丛林捕杀鹿群。

施耐德说看到鹿群朝西南方向去了，人猿身手矫健地荡过枝繁叶茂的丛林，朝西南方向前进。

途中，泰山发现北边走过来六个人，鬼鬼祟祟地，一看就知道来者不善，想做什么见不得人的勾当。

六个人以为神不知鬼不觉，不料一个高个子男人自他们出了营地起就悄悄尾随。高个子男人的眼中满是仇恨和惊恐，又充满好奇。凯山、莫玛拉和另外四个家伙为什么要鬼鬼祟祟地朝南边走？他们要去那边找什么？古斯特迷惑不解地晃了晃脑袋。不过，他总会搞清楚的。古斯特准备跟踪他们，打探出他们的阴谋诡计，当然要是能制止他们，他一定会不遗余力。

一开始，古斯特还以为他们在找自己。不过靠着敏锐的判断力，他确信事实并非如此。他们只是想把自己赶出营地，对此他们已经如愿以偿。而且他也没有钱，无利可图，所以凯山和莫玛拉绝不会这么大费周章地来杀自己，很显然他们要找的另有其人。

不一会儿，前面六个人忽然停了下来，躲进路边枝繁叶茂的树丛里。古斯特为了便于窥探，爬到后方一棵大树的枝杈上，小心翼翼地用浓密的树叶遮住自己，生怕被以前的同伴发现。

没过多久，他就看见一个陌生白人从南边沿着小径，小心谨慎地走了过来。

莫玛拉和凯山一看见那个新来的，立马从树丛里钻出来，上前问候。古斯特离得太远，听不见他们在说些什么，只知道后来那个新来的朝着南边又回去了。

这个新来的正是施耐德。快到营地时，他绕到对面，不一会儿又上气不接下气地跑回来，着急忙慌地跑到穆戈姆拜跟前。

"快！"他大喊，"你们的猿猴把施密特抓起来了，要是我们不赶紧去救他，他就要被吃了。只有你能把它们轰走。把琼斯和沙利文也带上,说不定能帮上忙,赶快去救他吧。沿着小路向南大约一英里,我随后就到。我现在已经没力气立即跟你跑回去了。""金凯德号"上的大副说罢,一下瘫倒在地,气喘吁吁,好像已经累得半死。

穆戈姆拜留在营地是为了守护两个女人,现在大副又来找他帮忙。他犹豫不决,不知该怎么办才好。善良的简·克莱顿听到了施耐德编造的谎言,便过来为大副说话。

"别耽搁了,"简催促着说,"我们就在这儿等着,施耐德先生留下和我们一块儿。去吧,穆戈姆拜,你一定得去救救那个可怜的家伙。"

施密特藏在营地边的灌木丛里,听到简的话后,不由得咧嘴一笑。穆戈姆拜虽然不知道这么做是对是错,但还是听从了夫人的旨意,带着琼斯和沙利文向南出发。

穆戈姆拜刚离开不久,施密特就从灌木丛中跳了出来,向北边的丛林走去。几分钟后,恶魔凯山出现在空地边,施耐德看见这个凯山后,向他示意海边的"障碍"已经清扫完毕。

简·克莱顿和莫苏拉女人坐在帐篷口,恰好背对着步步逼近的恶棍。两人还没意识到有陌生人出现在营地,突然就冒出了六个衣衫褴褛的恶棍,把她们团团围住。

"走吧!"凯山一边说,一边示意两个女人站起来跟他们走。

简·克莱顿吓得跳了起来,环顾四周寻找施耐德。只见他站在这帮陌生人身后,龇牙咧嘴地笑着。施密特就站在他旁边。简瞬间明白自己又陷入了圈套。

"你这是什么意思?"她问大副。

"我的意思是,我们找到了一艘船,现在我们可以逃出丛林岛了。"大副回答。

"那你为什么把穆戈姆拜和其他人骗进丛林？"简继续盘问。

"他们不跟我们一起走——只有你、我和莫苏拉女人——我们几个一起离开。"

"走吧！"凯山重复了一遍，然后伸手抓住简·克莱顿的手腕。

其中一个毛利人抓住黑种女人的手臂，她正要惊叫，毛利人朝着她的嘴反手就是一巴掌。

穆戈姆拜飞速地穿过丛林，向南而行，琼斯和沙利文远远地跟在后面。跑过一英里后，穆戈姆拜继续向前，想去救施密特，可一路上连失踪者和阿库特部落猿猴的影子也没见着。

后来穆戈姆拜停了下来，放声大喊，他和泰山以前经常用这种方式呼唤类人猿，向它们下达指令，然而并没有任何回应。琼斯和沙利文刚好听见黑人勇士可怕的呼唤。黑人又找了半英里，一路上不停地呼唤着。

最后，穆戈姆拜的脑海中突然闪过一个念头，瞬间看穿了大副的阴谋诡计。他像只受惊的麋鹿，迅速转过头，冲回营地。到了营地，一切都如他所料。格雷斯托克夫人和莫苏拉女人不见了，施耐德也不见了。

琼斯和沙利文赶过来后，穆戈姆拜以为他俩也是阴谋的参与者，差点杀了他们。不过两人再三解释，穆戈姆拜才勉强相信他们并不知情。

三个人站在营地苦思冥想，推测绑匪和两个女人的下落以及施耐德的目的。这时，人猿泰山从树枝荡到地面，穿过空地，向他们走来。

人猿眼神犀利，立刻察觉出有什么不对劲。穆戈姆拜向他交代了事情的来龙去脉，泰山气得眉头紧锁，咬牙切齿。

大副明知身陷荒岛，压根儿躲不过泰山的追杀，还把简·克

丛林法则 | 179

莱顿带离营地,到底有何企图?人猿相信这个家伙不会傻到这种地步。渐渐地,他顿悟了事情的真相。

除非施耐德确定可以带他的"囚犯"离开丛林岛,否则不会这么犯傻。可他为什么要把黑种女人也带上呢?他一定还有同伙,是其他同伙想要带上这个黑种女人。

"走吧,"泰山说,"现在我们只要做一件事儿——跟踪那帮绑匪。"

泰山刚说完,一个相貌丑陋的高个子男人从营地东面的丛林中走了出来,径直朝四个人走去。对泰山四人来说,他完全是个陌生人,四个人做梦也没有想到还有其他人住在丛林岛条件如此恶劣的海边。

来人正是古斯特。他直截了当,开门见山。

"那两个女人被偷走了,"古斯特说,"如果你还想见到她们,就赶紧跟我走。要是我们不快点追,等我们赶到,'玛瑙号'就该起航了。"

"你是谁?"泰山问,"关于我的妻子和黑种女人被偷的事,你还知道些什么?"

"我听到凯山和毛利人莫玛拉跟你营地上的两个男人密谋。凯山和莫玛拉把我从营地里赶了出来,还差点儿杀了我。现在我要去找他们报仇。走吧!"

古斯特领着"金凯德号"营地的四个人一路小跑,迅速穿过丛林,向北而行。他们能及时赶到海边吗?过不了几分钟,自见分晓。

当一行人穿过最后一层绿色屏障,赶到海边时,他们才意识到命运有多么残忍无情。"玛瑙号"早已扬帆起航,正缓缓地驶出港湾,进入公海。

他们该怎么办呢？泰山郁积着愤怒，宽广的胸膛里心脏"怦怦"直跳。最后的沉重一击还是到来了。要问人猿泰山这一生什么时候绝望过，那就是现在。他眼睁睁地看着那艘船载着妻子驶向可怕的未来，轮船优雅地激起层层浪花，明明近在咫尺，却又远在天涯。

泰山呆呆地站在海边，望着渐行渐远的轮船，眼睁睁地看着它向东驶去，最后消失在海角。人猿不知道它将开往哪儿，两腿一软，双手捂脸埋头痛哭。

五个人回到东海岸的营地时，天已经黑了。夜里异常闷热，没有一缕微风吹动林中的树叶，或在如镜的海面卷起一丝涟漪，只有起伏的海浪温柔地拍打着海滩。

泰山从未见过大西洋的海面呈现出如此诡异的平静。他站在海边，凝视着大陆的方向，心中充满痛苦和绝望。这时，营地边的丛林中传来一声黑豹的哀嚎。

这诡异的叫声中含有一丝熟悉的气息，泰山本能地转过头回应了一声。片刻之后，希塔黄褐色的身影不知不觉地出现在昏暗的海边。空中虽然没有月亮，却有星辰作伴，熠熠生辉。泰山已经好久没见到他这位"老战友"了。它悄悄地凑到人猿旁边，发出柔柔的"呜呜"声，让泰山相信它还记得他们过去一起经历的点点滴滴。

黑豹趴在人猿的腿上，人猿温柔地抚摸着它的身体和调皮的脑袋，而眼睛却一直注视着黑乎乎的海面。

不一会儿，泰山突然站了起来。那是什么？他在黑夜中费力地瞅了瞅，接着转过头大声呼喊另外几个人。他们几个正在帐篷里抽烟，听到泰山的喊声立马跑了出来。可古斯特看到泰山身边的朋友，吓得畏畏缩缩，犹豫不前。

"你们瞧！"泰山大喊，"那是灯光！是船上的灯光！一定是'玛瑙号'，他们因为没风停下了。"泰山仿佛看到了重生的希望，惊叫起来，"我们能追上他们了！乘着这艘帆船轻轻松松就能追到他们。"

古斯特提出了异议。"他们都有武器，"他警告说，"我们占领不了那艘船的——我们才五个人。"

"现在有六个了，"泰山指着希塔回答，"而且半个钟头之后，我会叫来更多，一个希塔抵得过二十个壮汉，我要叫来的其他成员能让我们的战斗力增强一百倍。你还不知道它们。"

人猿转过身，抬起头正对丛林，扯着嗓子发出一声又一声可怕的嚎叫，召唤同伴。

不久，丛林中传来回应声，之后一声接着一声。古斯特吓得浑身发抖。他会惨死在谁的手中呢？凯山和莫玛拉怎会与这个轻抚着黑豹、呼叫着丛林野兽的巨猿为敌呢？

几分钟后，阿库特部落的猿猴冲出矮树丛，赶到了海滩。与此同时，另外五个人也费劲地推出笨重的帆船。

费了九牛二虎之力，众人终于把帆船推到了水边。"金凯德号"上两只救生艇上的船桨在登陆当晚就被海风吹走，后来被船员们找回，用来搭起帆布帐篷，在阿库特部落的猿猴们爬上帆船、准备起航的时候，这些船桨刚好又派上了用场。

这群恐怖船员再次为主人效劳，没有多问，自然地在帆船上各就各位。古斯特死活不愿意同行，于是另外四个人齐心协力划起了船桨，有些猿猴也学着他们的样子划起来。不一会儿，这艘笨拙的帆船静静地驶入大海，朝着随波起伏的灯光缓缓前进。

"玛瑙号"甲板上守夜的水手开起了小差，昏昏欲睡。施耐德在下面的船舱里走来走去，和简·克莱顿周旋。简被关押在船舱时，在桌子抽屉里找到一把手枪。现在，简拿枪指着大副，让他陷入了两难的境地。

莫苏拉女人跪在简身后，施耐德在门口踱来踱去，软磨硬泡，不过一切都是徒劳。不久，甲板上突然传来一声大叫，还响起了枪声。就在简·克莱顿放松警惕，转头望向舱外时，施耐德立刻扑了过来。

守夜的水手刚意识到"玛瑙号"旁边突然冒出一艘帆船，又发现一个男人即将爬上"玛瑙号"。水手吓得大叫一声，跳了起来，掏出手枪对着入侵者就是一枪。正是水手的叫声和随后的枪声让简·克莱顿放松了警惕。

看似安全，一片寂静的甲板瞬间陷入一片混乱。"玛瑙号"上的船员带着手枪，拿着长刀短剑冲了出来，其中大多人都习惯随身带着这些武器，不过水手的警告声已经晚了。泰山的猿朋豹友已经爬上甲板，一起上来的还有泰山和"金凯德号"上的两名船员。

面对这群可怕的野兽，那些反叛者的勇气瞬间土崩瓦解。几个带枪的叛徒胡乱扫射一通后，便慌慌张张地躲到了自以为安全的地方。其中几个爬上轮船的横桅索，但是，阿库特部落的猿猴似乎更擅长攀爬。

几个毛利人吓得大声惨叫，随后便从高耸的桅杆上被拽了下来。泰山只顾着寻找简，这群野兽没了他的管束，原始的野性彻底爆发出来，在这帮可怜的"笼中之鸟"身上肆意宣泄。

与此同时，希塔龇着尖牙咬断了一个人的颈脉，踩躏着尸体撕咬了好一会儿。紧接着，黑豹无意间发现凯山猛地冲下舱梯，朝他的船舱走去。

希塔一声尖叫，随即跟了上去。失魂落魄的凯山一听到黑豹的尖叫，吓得大叫一声——那诡异程度几乎和希塔的尖叫不相上下。

凯山比黑豹快几秒到达船舱,他跳进舱内,猛地关上舱门——只是为时已晚。没等门闩扣上,希塔庞大的身躯就冲了进来。片刻之后,凯山躲在上铺的一角,吓得语无伦次,尖叫不止。

希塔轻松地扑了过去,很快便结束了凯山这罪恶的一生,狼吞虎咽地撕扯着他那多筋的硬肉。

施耐德夺过简·克莱顿的手枪后不一会儿,舱门便被打开,一个高个子、半裸着的白人出现在门口。

白人悄悄地穿过船舱。施耐德突然感到喉咙被几根有力的手指死死掐住。他转过头,想看看是谁袭击了自己,抬头一看见人猿的脸,惊得目瞪口呆。

人猿的手指死死地掐住大副的喉咙。大副企图尖叫、求饶,可一点儿声音也发不出来。他双眼暴突,苦苦挣扎求生。

简·克莱顿抓住丈夫的双手,试图从奄奄一息的大副身上拽下它们。可泰山摇了摇头。

"别再劝我了,"泰山心平气和地说,"当年我手下留情,放走那几个无赖,可我的怜悯却导致你受了更多苦。这次我们绝对一个混蛋都不能放走,必须保证他们再也不能伤害我们,伤害其他人。"突然用力一扭,大副的脖子"咔嗒"一声,整个人在泰山的手中瘫软下来,一动不动。泰山一脸嫌弃地把尸体扔到旁边,随后便带着简和莫苏拉女人回到甲板。

船上的战争结束了。"玛瑙号"那帮人里只有施密特、莫玛拉和另外两个水手还活着,因为他们在水手舱里找到了一处藏身之地。其他人相继惨死在泰山那帮猿朋豹友的尖牙利爪之下,不过他们死有余辜。清晨,一抹凄清的日光洒向"玛瑙号"的甲板,不过这一次,玷污白色铺板的血渍并非无辜之血,而是罪恶之血。

泰山把水手舱里藏着的四个人揪了出来，命令他们在船上干活。泰山并没承诺他们可以因此得到赦免，他们必须听从吩咐，否则会立刻没命。

太阳冉冉升起，一阵强风呼啸而来。"玛瑙号"再次扬帆起航，向丛林岛出发。几个钟头之后，泰山接上古斯特，然后和猿朋豹友一一作别，将它们放归丛林，任它们追求自由、野性的丛林生活。猿朋豹友没有丝毫留恋，转眼便消失在它们深爱的丛林深处。

它们是否知道泰山即将离去，我们不得而知——除了智商略高的猿王阿库特，沙滩上此时也只剩下它一个，恋恋不舍地目送那艘载着主人的小帆船缓缓离去。

简和泰山站在甲板上，注视着那个毛发蓬松、一动不动的类人猿，注视着丛林岛海浪滚滚的沙滩上那个孤独的身影，直到它消失在视野。

三天后，"玛瑙号"遇到王室单桅战船"滨水号"，格雷斯托克通过船上的无线电迅速和伦敦的亲友取得了联系。让夫妇二人喜出望外、谢天谢地的是，小杰克安然无恙地待在格雷斯托克勋爵的市内宅邸。

回到伦敦之后，他们才得知孩子如何得救，搞清楚整件事的来龙去脉。

原来，茹科夫不敢在大白天把孩子带上"金凯德号"。于是，他把小杰克藏到一间专门收留无名孩子的收容所里，准备天黑后再回来把小杰克抱上船。

茹科夫的同伙兼"得力助手"——保罗维奇多年来一直对阴险狡诈的主子忠心耿耿，可最后还是背叛和贪婪的欲望占了上风。在巨额赎金的诱惑下，保罗维奇想着只要把孩子毫发无损地送回去，就可以获得赎金。于是，他把孩子的身份泄露给开办收容所的妇女，通过她用另一个孩子替换了小杰克，等茹科夫发现他耍的花招后，也来不及了。

那个女人承诺会照看孩子，直到保罗维奇回来。不料在金钱的诱惑下，她也违背了诺言，与格雷斯托克勋爵的律师协商一致，归还了孩子。

黑人老保姆埃斯梅拉达在小杰克被绑架时刚好在美国度假，因此把这场悲剧的起因都归结到自己身上，专门回来去收容所辨认小杰克。

付了赎金之后，未来的格雷斯托克勋爵被绑架后不到十天，便回到了他父亲的府邸。

所以到头来，罪恶滔天的尼古拉斯·茹科夫不仅被自己亲手教出的朋友背叛，一无所获，还落得惨死的下场。格雷斯托克夫妇也因此落个清静，毕竟只要俄国佬心中存有一丝邪念，就会千方百计地到处作恶，与他们作对。

茹科夫死了，保罗维奇的命运却不得而知。泰山夫妇相信，他已经丧命于那片危机四伏的丛林。上一次见他还是在那条凶险的轮船上，那也是夫妻二人最后一次见到他。

就这样，他们永远地摆脱了这两个混蛋的威胁——这两个人也是人猿唯一有所忌惮的敌人，因为他们总是在背后玩阴招，对人猿的至亲至爱痛下杀手。

格雷斯托克勋爵夫妇走下"滨水号"的甲板，再次踏上英国大陆。幸福的一家人终于在格雷斯托克勋爵的府邸再次团聚。

随他们一同回来的还有黑人勇士穆戈姆拜和那个莫苏拉女人。

莫苏拉女人不愿意回去和自己讨厌的人结婚，更想留在新主人身边。

泰山向他们保证，会找机会把他们送到瓦兹瑞的非洲领地，并在那儿为他们找一个家。

说不定，我们会看到泰山夫妇和他们一起生活在那片野蛮的非洲丛林和广袤的平原，那里可是人猿泰山的最爱。

谁知道呢？